U0486851

FLORET
READING
▼

幸而春信至 2
星　　　辰

和子生姐/著

【一生一遇】系列第三季 02

这是一个流行离开的世界，
但是我们都不擅长告别。

贵州出版集团
贵州人民出版社

作者简介 | 小花阅读签约作家

狸子小姐

选择恐惧症重症患者,路痴,无方向感,迷糊,死宅,吃货,间歇性休眠。
最高纪录是一个月清醒时间不到四分之一,
唯一的解药就是帅哥美女和美食,
当然看小说好像效果也不错。
伙伴昵称:琳达

个人作品:《有时甜》《美好如你》《幸而春信至》

作者前言
如此的单独而又完整

　　这是我第一次写一本书的第二部,但是从第一部开始,我就没有打算把它写成上一本故事的续集。它是一个新的故事,不管是主角,还是情感,它都是单独存在的。

　　我认为一个故事写完了,当故事里的人物已经完完整整拥有自己能够把握甚至运用娴熟的幸福之时,余下的故事都留给读者瞎想就好。生活总是要保留些许的神秘才会显得格外迷人,毕竟王子和公主的爱情总是会以标准的结局来结尾。

　　所以,在这里我要事先说明一下,这本书就是一个单独而完整的故事,它照样有独特的地方,因为它的魅力在于,哪怕你没有看过上一本,对于这一本的阅读也毫无影响。

　　关于肖默城和苏晚的故事,在第一本书里多少提到了一些,他俩不像阮季和谭梓陌,两人相爱相杀纠缠了那么多年,也不像顾谦白和林染初,只顾往回看,却辜负身边之人。

　　他们俩的故事就应该是甜蜜的进行曲,是一个无忧无虑的小姑娘追着一个成熟稳重的男人。从理论上来讲，他俩不会深陷误会，不存在幡然醒悟，好像两人在一起不过就是时间使然。

可结婚哪有这么简单的，当面对生活的各种琐事、渴望心灵互通时，两人对于自己以及他人的要求便都开始丛生徒长。

于是看似不存在任何问题的柔波中开始长出各种藤蔓，撕扯着两人、考验着两人，同时敲醒两人。

然后，我就不剧透了。

一开始在写这本书的时候，我房间的灯就坏掉了。不过这对于我倒是没有什么影响，毕竟我可是一个会盲打的勇士。

写作过程中，伞哥建议我去修一下灯。当时我也不知道自己是怀着什么样子的情绪，我总是开玩笑地冲着伞哥豪情万丈地说:"我就是要在黑暗中完成这本小说。"

到了现在，我在写这个前言的时候，才深深体会到，flag 这种东西，不能够随随便便地立下后又去打破的。

在中途，我忍不住叫来电工师傅帮我修好了灯。可结果就是，灯修好了还不到三天，它又自己爆炸了，同时还导致整个屋子的灯都熄掉了。当时，露露无助地问："我的房间是怎么了？为什么灯会不亮？"于是，我在旁边幽幽地说了一句："可能是随着我房间的灯一起炸掉了吧。"

我房间里的灯炸掉的第二天，伞哥好奇地问："你怎么又用上了你的台灯？"我真不想说，好后悔当初发的那个完全不走心的誓言。

以至于现在，我房间里的灯也不过是个装饰品。当然，幸好我没有夜盲症，倒是练就了我一双火眼金睛。

写到最后，我必须重点感谢若若梨姐姐。对于情感神经不敏感的我来说，其实很多时候会忽略那些对于我来说微不足道的因素，是她告诉我已婚女人会因为什么事情而爹毛，又会为了什么事情而忧愁百生。

几乎每次觉得情感不对的时候，我都会直接去找她。而她也会毫不吝啬地跟我分享很多知识，这本书的完成是离不开她的功劳的。

当然，还要感谢一直没有放弃我的烟罗姐，一直鼓励我、相信我，并且愿意等待我成长起来。

狸子小姐

2016 年 12 月 5 日

写于黑暗

•问答时间
告诉你一个真实的狸子小姐

为什么大家都叫你琳达?
狸子小姐:应该是某一次姜辜约我去上厕所,随口就这么叫了句,然后我就和这个名字正式结缘了,不过后来她解释,只是因为我的本名太长太麻烦。

感性和理性,你属于哪一类?
狸子小姐:平时生活中应该是理性多一点吧,但是只要一看小说,看电视什么的,就开始感性大爆发。

心情不好的时候怎么排解?
狸子小姐:这个绝对是睡觉,睡觉简直包治百病。

你喜欢做家务吗?
狸子小姐:这个……可以说不喜欢吗,但是该做的一定会做。

和别人交流中,你觉得你是一个倾听者还是倾诉者?
狸子小姐:应该是倾听者吧,我不太喜欢将太多事情倾诉给别人听,很多时候烦了会写日记。

你的口头禅是?
狸子小姐:滚?应该是这个字。(认真脸)

别人跟你取的绰号是?
狸子小姐:绰号?好像没有耶,也有可能太难听我拒绝接受。

男性朋友多还是女性朋友多?
狸子小姐:玩得顶好的一定是女生,不过玩得还不错的话,应该是男生多一点吧,不过最近资源正在流失。

见到男生你最先注意的是他哪里？

狸子小姐：身材？脸？嘴吧，喜欢唇形好看的男生。

相信一见钟情还是日久生情？

狸子小姐：一见钟情后的日久生情，总要有吸引力让我继续去研究他吧，不然要怎么知道他其实更好呢，当然也有研究后发现并不好的。

最害怕什么东西，说出三个？

狸子小姐：蛇、蚂蝗、蜘蛛之类的吧，其实蠕动的动物我都怕，当然，我还是可以抓泥鳅养蚕的。

如果有男生追你，不是一见钟情你会回绝还是相处看看？

狸子小姐：应该会用冷态度将他冻在朋友那条线内吧，至于有没有后续的发展，就要看后续的相处了。当然不会说，这种时候该男生已经不会再追我了，就很难过。

据说你是追星小达人，最近喜欢的明星是？

狸子小姐：你从哪里听到的假消息，我已经不追星很多年了呢。只是喜欢发掘娱乐圈的小帅哥，不过最近倒是挺喜欢陈若轩的。

卡文的时候怎么办？

狸子小姐：卡文的话，首先回去问问身边的人，怎么解决。如果没有的话，应该会去看小说吧，给自己扩充一下，总之多看书不会有错，偶尔会去睡觉，睡一觉做个梦，什么情节都有了。

下一部作品是什么类型？

狸子小姐：婚后文？感觉写婚后写上瘾了，不过倒是想体验师生、强娶强卖之类的。

对读者说一句话。

狸子小姐：好好学习，天天向上！活成一个值得被爱的人。

目录

001 / 楔子

003 / 第一章
青青子衿，悠悠我心

028 / 第二章
南有樛木，葛藟累之

064 / 第三章
山有扶苏，隰有荷华

087 / 第四章
于以采蘩？于涧之中

121 / 第五章
爱采唐矣？沫之乡矣

148 / 第六章
岂不我思,子不我即

171 / 第七章
我心匪石,不可转也

203 / 第八章
谓予不信,有如皦日

230 / 第九章
之子于归,宜其室家

237 / 番外一

241 / 番外二

幸而春信至 2 · 星辰

XINGER
CHUNXINZHI

/楔子

圣诞节的气氛早在昨夜就已经蔓延开来,满城的欢语让本来寒冻的时节,处处洋溢着温情。

哪怕是酒精的作用,作为一个成年男性,肖默城也知道自己做过什么。何况床单上的点点猩红,已经为他昨晚的恶行提供了最有力的证据。

苏晚还睡在他的怀里,舒适到一个晚上都保持着那个动作,面上的表情温和而恬静。

肖默城放轻动作,从床上起来,将简单的家居服套在身上,便走向厨房。

餐桌上还是昨晚他们离开时的样子,凌乱地摆着些空盘子,被他拿到一边的酒杯里,还剩半杯酒在那儿。

等他把餐厅整理好的时候，苏晚正好捂着头从卧室出来，看见肖默城在，有些意外。

"你不是应该去上班了吗？"她强装着镇定，说话的时候，脸上泛起的红晕，透出初为女人的羞涩。

"先把这个喝了。"肖默城将早就煮好的一碗醒酒汤递给苏晚，"然后我们把证领了。"语气温柔而坚定。

苏晚听得一怔，碗都到了唇边，却不知道该不该喝，迟疑了会儿，谨慎地说："肖叔叔，那个我其实不太记得昨天的事……"

"不记得那是你的事，对你负责是我的事。"肖默城露出一副严肃的表情，语气也不容拒绝。

苏晚有些顾虑："肖叔叔，如果你觉得勉强，其实也不一定非要和我结婚。"

"我不认为你的年纪适合在这儿和我说大道理。"肖默城轻巧地避开话题，催促道，"喝完收拾收拾就出去，然后去家里把户口本拿出来，我只跟医院请了半天的假，时间有些紧。"

苏晚不满地瘪了瘪嘴，虽然没有自己想要的求婚，也没有梦想的鲜花、钻戒，但是能够这么顺理成章地和肖叔叔成为夫妻好像也不错，至少为她的革命道路缩短了四五年。

手里拿着红本本的时候，苏晚还有些不敢确定，倒不是怀疑肖默城的人品，而是一个追了十二年的梦忽然实现的喜悦，让她甚至激动得有些发抖。

她的肖叔叔，终于成了她的人。

/第一章
青青子衿，悠悠我心

01

遇见是两个人的事，
离开却是一个人的决定。
遇见是一个开始，
离开却是为了遇见下一个离开；
这是一个流行离开的世界，
但是我们都不擅长告别。

茶几上，工工整整地摆着一张 A4 纸，上面没头没尾地写着这段话。肖默城知道，这是米兰·昆德拉写在《生活在别处》里的句子。

下班回到家的他，在看到字条的那一刻，心里泛起一种说不清道不明的情愫，翻滚了好几次，可终还是被他沉沉地压下。

他知道他应该打电话去找苏晚，至少应该知道她在哪儿，可最终却只是自己一个人将家里整理了一遍。

他不像谭梓陌有强迫症，但是作为一个医生，多少会有一点儿洁癖，而且他尤其不喜欢请清洁工，他认为家这种地方，只能欢迎亲近的人。

半年，足以让一个人养成某个特定的习惯，比如适应家里忽然多出来的人，比如会对忽然空出来的家生出一种孤独感。

肖默城发现那些以前用来打发时间的书都开始失去了意义，小区楼下应季的花都开得甚是娇艳，这种时候确实很适合出去玩，苏晚很会挑时间。

肖默城后来还是给苏晚打了几个电话，但是都没有人接，他想着她应该睡了，也就没再坚持，他想她应该不会喜欢如此唠叨的他。

谭梓陌打来电话的时候，肖默城正好坐在书房里，可桌上的书却没有翻动过一页。

"苏晚是不是不在家？"谭梓陌开门见山地问。

"应该是去哪儿玩了。怎么，你有事找她？"肖默城问得很随意。

那边的谭梓陌真是被他们一家气死了,一个把自己老婆拐走,另一个还在那儿云淡风轻地说去玩了,他老婆现在是能够随便出去玩的吗?

"苏晚把我老婆拐去青禾了。"

青禾?肖默城没有想到苏晚会去那里,那是在他高考后的那个暑假,打算和几个要好的同学出去放松一下选择的地点。

当时那丫头才不过他腰线高,不管不顾地硬要跟过来,却在看到一大帮男同学后,胆小得连话都不敢多说一句。

大半夜,苏晚不敢一个人睡,硬是要缩在他的床上,幸好当时只是一干玩得好的同学,否则恐怕还会被传出有恋童癖吧。

"那地方小晚去过,没事的。"肖默城嘴上虽然是这么对谭梓陌说,却在挂了电话后立即给苏晚打了电话过去。

还是没有人接。

C大附属医院今年从首都请来了两个专家,一个是精神科的,另一个是妇产科,两人今天过来。

这本来和肖默城没什么关系,可是领导不知道从哪儿听到其中一个专家和肖默城是同学,就让肖默城一并去接两位专家来医院。

没办法,肖默城只好告诉苏晚自己今天不在家吃饭,当时苏晚已经在去青禾的路上了,电话是阮季接的,她附和地说了几句,并没有说自己去青禾的事情。

肖默城想,既然苏晚决定单独出去待几天,必然是不希望他去打扰,总之知道她去哪儿了,也就放心了。随后,他然后给苏晚发了条短信,大致意思是照顾好自己。

02

苏晚回来的时候,已经是三天后的傍晚,她打开家门的那一刻甚至有些恍惚。

离开时门口没有收拾的鞋,已经整齐地放在了鞋柜里,甚至连玄关处的水仙花都已经换了新的水。那张没头没尾写着那段莫名其妙的话的纸还摆在客厅的茶几上,甚至连她离开时压在纸上的杯子都没移动过半分。

餐桌上的晚餐还在冒着热气,显然是有人刚做好在等着她。

苏晚站在那儿一动不动地看着坐在客厅的肖默城,心里盘算着他这次会有什么反应,是生气,是愤怒却又不忍伤自己半分,或者只是平静得好像她只是晚回来了一会儿。

"回来了。"说话间,肖默城已经起身朝苏晚走过来,拿起她脚边的行李往里走,嘴里有意无意地问,"玩得还好吗?"

果然，没有期待的暴风雨，甚至连个闷声雷鸣都没有。

苏晚轻咬着下唇，面上纠结的表情像是在做着某个重要的决定："肖叔叔，我一声不吭地离开，你不生气？"

"没有一声不吭，我看到了你留下来的字条。"肖默城简单地收拾了一下东西，然后从冰箱拿出早就洗好的桑葚，摆在餐桌的一头，"何况你现在不是回来了吗？"

苏晚看着那一大碗桑葚，心里莫名有些难受，他是笃定她一定会回来，才会在她离开的几天里，打了几个电话后，见她不接，便没了下文。

"那我要是不回来了呢？"苏晚转过头，目光坚定地盯着肖默城，恨不得将他看穿。

肖默城转头看着苏晚，没有说话，只是安静地看着，眼神疑惑却温和。

苏晚知道自己不应该闹脾气，肖默城对她很好，很好的表现在于，不管她做什么，他都支持，尽己之力将她照顾周全。

疼爱、关心，甚至纵容。

可这一切却让苏晚感受不到半分他喜欢她的样子。

他们已经结婚将近半年了，可是，除了住在一起，每天下班会朝着同一个方向赶，会躺在同一张床上以外，和没结婚之前，似乎并没有什么变化。

有时候，苏晚甚至有些怀疑，自己和肖默城到底有没有结婚。

　　这个家,有时寂静得让人害怕。

　　坐在饭桌上,苏晚看着肖默城,从她说那句"可能不会回来"的话之后,他就一直板着脸,现在还是板着,仿佛很不喜欢她这样忽然闹脾气。

　　肖默城的良久沉默,让苏晚有些失落,她面上的表情在片刻的难过后,化成了平静。她语气故作坚决地说道:"肖叔叔,我们离婚吧。"

　　这是她离开的三天里,反复在想的问题,她一直以为,既然肖默城能够同意和她结婚,对她必然是有些喜欢的。

　　可结婚后,苏晚才知道,在肖默城的眼里她永远只是一个长不大的孩子——

　　会闹脾气、会贪玩、会心血来潮,这些肖默城都纵容着,可她总觉得中间像是隔着什么。

　　不管是纵容也好,疼爱也罢,都像是一个做错事的大人,对一个小孩儿必须负责的行为,却从不是喜欢。

　　"小晚,这种话别乱说。"肖默城作势板着脸,面上全是对这个话题的反感。

　　"肖叔叔,你真的是因为喜欢我,还是仅仅只是因为那个意外?"苏晚知道自己有些咄咄逼人了,却还是忍不住想听肖默城的回答。

"我吃完了。"说着,他转身朝书房走去。他不想听下去,所以提前离开。

这是肖默城生气的表现,他若是开始烦躁,就不愿意和任何一个人说话,然后去看书,直到平静下来。

看着他的背影,苏晚无奈地叹了口气,这场由她开局的战役,注定会以她的失败结束。她怎么可能斗得过肖默城,何况她从来就没想过离婚。

肖默城一走,她便也没有了吃饭的兴致,伸手抓了一把桑葚放在嘴里,饱满的桑葚果粒在她嘴里蔓延开来,她像是故意一般,狠狠地嚼着,似是在发泄。

凭什么说她不是慎重考虑,明明就仔细想过三天,只是还不知道结果而已。

收拾完躺在床上的苏晚,望着天花板出神,心里想着怎么样才能够让肖默城喜欢她的办法,专注到连肖默城进来都不知道。

以前是想怎么追到肖默城,现在是怎么让他喜欢自己,她的革命道路从来就没有简单过。

直到床因为肖默城的到来而微微塌陷,苏晚才有所察觉,转过头看向他,踌躇了一下,最终还是缩在了他的怀里。

这可是她喜欢了十二年的人呢,就算对她从不会太过热情,可却依然还是会让她面红心跳的人。

虽然不知道肖默城对她是不是喜欢，但他总归算得上一个称职的丈夫。

"小晚，关于那件事，如果你真的是这么想，我希望是在你找到一个能够疼你、爱你，甚至包容你结过婚的男人后，再来和我谈。"肖默城说得一板一眼，就像是某个教育子女的父亲，告诉孩子郑重选择以后的路。

"你怎么知道我不是遇到了再和你说？"苏晚赌气似的说着，更多的像是在和肖默城开玩笑。

十二年前就只围着他转的女孩儿，半年前刚和他结婚，如若不是他克制，恐怕连孩子都该有了。她不过是和自家嫂子出去玩了几天，谁都知道那句话只是开玩笑。

"如果对象是小师妹，我想你哥会找你拼命的。"肖默城摸了摸她的头，示意她早点儿睡。

03

次日一早，苏晚一改平时的闹腾，安静地坐在肖默城的车上，一言不发。

直到两人在医院大楼里分开时，肖默城才打破沉寂："连续请了几天的假，估计有段时间忙的，需要加班的话我留下来陪你。"

苏晚"嗯"了一声，点了点头，迈开步子径直朝着自己的科室走去。

在医院的实习结束之后，因为表现良好，苏晚直接被医院留用了，甚至连喘气的时间都没有留给她，直接让她参加工作，再加上她学过助产，便被妇产科给要了去。

C大附属医院妇产科一直处在不尴不尬的中上医疗水平，不过忙起来的时候，也照样会累死人。

就像现在，苏晚一到妇产科，每个人都是一副忙不过来的样子，恨不得一个人当两个人用。

自她来妇产科之后可是很少看到这样的情况，自己不过离开了三天，怎么感觉妇产科会变得这么陌生？难道是玩了几天连工作都不适应了？

带着疑惑的苏晚迅速换好衣服，然后跟着护士长匆忙地赶过去，嘴上忍不住问："妇产科来大神了？"

"大神没来，不过医院给我们请了一个招财童子。"

"从首都过来的专家，不是只有神经科的专家吗？"苏晚连忙跟上护士长的步伐。

"肖医生去接的，难道没和你说吗？"

苏晚想告诉护士长，她和肖默城之间从来不谈工作。

她觉得两个人是夫妻，又不是上下属，没必要出了医院的门还要绷着神经。

当然，最后她还是什么都没有说，安静地跟在护士长后面，在医院的时候，不管怎么看，她都是一个称职的护士。

苏晚到值班室一坐下,就听见昨天值夜班的赵倩在那儿唠叨:"那个新来的医生是铁打的吧,都连续三天了,怎么还不放过我们啊?"

"怎么,以前嫌弃工作闲得发慌,现在忙起来不是应该很高兴吗?"苏晚一边看了看自己有没有什么事,一边调侃着她。

赵倩比她早来一年,年纪相当,也说得上话,自然也就熟络了起来。

赵倩走到苏晚的身边,示意她帮忙捶一下背:"虽说来个专家,病人会增加,但也没必要一来就连续三天都在做手术吧。简直不让人活,尤其是喜欢一天只让一个护士跟着,连累了换个班都不行。"

"再怎么厉害也只是个人,做好自己的工作就好了。"苏晚倒是没介意,替她按了按肩膀,示意她可以下班回去休息了。

赵倩顺势站起来,郑重地拍了拍苏晚的肩膀:"谢了,先提醒你,备好咖啡。"

苏晚没太当回事,不就是忽然来了一个专家,然后别的医院连着转了几个病人过来嘛,该工作的时候工作,她就不信,还能把她吃了去。

正当她想着要不要趁着现在没事,去找阮季聊天的时候,值班室门口忽然出现了一个人。

"苏晚，跟我去办公室一趟。"

苏晚闻声看过去，那人看上去比她大不了几岁，干净利落的碎发，面部线条清俊，一身利落的衬衫长裤，白衬衫的扣子扣到最上面，双手插在口袋，表情温和。

明明看上去应该是个温顺之人，却让苏晚觉得四周杀气四起，心里咯噔一下，立马得出一个结论就是，来者不善。

"请问有事吗？"苏晚疑惑地站起来，用脚趾也能猜到这个还没见过面，却在妇产科呼风唤雨的人是谁。

那人只是意味深长地看了她一眼，并没有回答她，直接转身朝办公室走去。

苏晚还真不知道自己哪里惹到这尊大佛了，不满地努了努嘴，快步跟上去，确保不要让他在办公室里等自己。

医院自然给请来的专家安排了单独的办公室，可是因为妇产科的专家是临时请到的，所以规格自然比不上神经科那边，不过这位专家却好像并不在意。

苏晚进去后，立即闻到了一股浓浓的消毒水的味道，不由得皱着眉，安静地站在一旁等着他发话。

"我一来你就请假三天，这不得不让我怀疑你是在故意躲着我？"

苏晚看了看办公桌上的姓名牌，上面写着李怀儒，怎么听都像是个斯斯文文的读书人，而不是像眼前的人，一板一眼还整天动刀子的妇产科医生。

"李医生，我不记得护士请假还需要在你这里报备的。"苏晚不卑不亢地说。

"听说你是肖医生的老婆。"

苏晚是肖默城老婆的事情，不知为什么从他的嘴里说出来会那么奇怪，就像是在说她只是一个依靠男人的空花瓶。

苏晚面色一变，语气不佳地反驳："我不知道原来李医生也这么八卦，不过你这则娱乐新闻毫无时效性。"

李怀儒也不打算在这上面纠缠，遂将话题一转："我今天有五场手术，如果都安排你来跟着有意见吗？"

她哪里敢有意见，作为高高在上的专家，就算是让她躺在手术台上做小白鼠，她也只能受着。

不过是五场手术，苏晚明显被这个数字震惊到了，她委婉地为自己开脱道："我只是一个刚转正的护士，好像并不适合跟这么多场手术。何况是李医生的手术，应该由科室里面老练的护士跟着。"

"你是对自己没有信心，还是对我没有信心？"

看来对方是铁定了心让她跟着，苏晚不再多言，微微欠了欠身："那我提前准备一下。"说完便转身离开，并没有注意到李怀儒半眯着眼睛，心里不知在盘算着什么。

04

　　从李怀儒办公室出来的苏晚，吹胡子瞪眼地在心里骂了好一通，在他看不到的地方，冲着他办公室扮了好几个鬼脸才算完事，结果一转身就迎面撞上另一个人。

　　眼前这个人正是神经科请来的专家。

　　"林……学长。"苏晚想了好几个称呼，最后觉得这个最为妥当，恭恭敬敬地鞠了一躬，态度诚恳，礼貌周全。

　　"这么见外，好歹当年我们还是同一部偶像剧里面的情敌，不应该先拥抱一下，以示对彼此的尊重吗？"说着林庭深张开双臂等着苏晚主动投怀送抱。

　　苏晚不屑地冷哼一声，伸手拍了拍他拦在路中间的手："在肖叔叔的事情上，还请你放宽心，不要太难过。"

　　林庭深不满地一甩手，闷闷地说："放弃肖默城那棵草，还有一花园的鲜花对着我娇妍争艳，我高兴还来不及呢。"

　　见他这样说，苏晚只是配合性地笑了笑，敷衍地说："现在我们整个C大附院的鲜花都是你的了。"

　　"晚上去你家蹭饭。"眼见着苏晚离开，林庭深不得不将他此行的真实目的说出来。

　　苏晚摆了摆手，神情哀怨："这个星期都不行，我在接受劳动改造。"说完又有些不放心地补充，"不要妄想背着我和肖叔叔吃饭，不然我就请旁边的男科医生给你……"苏晚做了一个抹脖子的动作后，才恶狠狠地转身离开。

"那中午我过来找你,当是我们一家三口的聚餐。"林庭深锲而不舍。

苏晚无奈地笑了笑,心里愤愤地辩驳:我才没有你这么大的儿子呢。

不过,本来因为李怀儒弄得很是糟糕的心情,因为林庭深的到来而变得好了些。

在肖默城上大学的时候,因为每天和林庭深形影不离,久而久之,有关他俩的绯闻,自然而然就传了出来。

这事传到当时在读初中的苏晚耳里,气得她连课都不上了,兴冲冲地直接冲到他俩的宿舍楼下,冲着楼上就喊:"哪个不怕死的追我默城哥哥?"

本来是一个很有气势的人,却在林庭深从宿舍下来后,害怕得全身发抖,她强装镇定地板着脸,撑着气势。

林庭深故意蹲下来,平视着苏晚,似笑非笑地反问:"可是是你默城哥哥追的我,这可让我怎么办呢?"

本以为这丫头都有气势追到学校来,怎么着也得和他争个面红耳赤吧。结果苏晚在众目睽睽之下"哇"的一声哭了出来,哭得那叫一个惨。

刚好回来的肖默城见着这一幕,不由得皱起眉头,将蹲在地上的苏晚拽起来,对林庭深说:"居然连小孩子都欺负。"

林庭深无辜地瘪了瘪嘴:"我还没动手呢,是她气势汹汹地叫我下楼的。"说着故意逗苏晚,"怎么见着我就哭了呢?"

被肖默城牵着的苏晚,也意识到自己刚才那个样子很丢脸,连忙缩在肖默城怀里,不再说话,只是看林庭深的眼神还是充满警惕。

这件事情最终在肖默城请两人吃了一顿饭之后,圆满结束。不过苏晚和林庭深的梁子却一直结在那儿,再没解开过。

后来事情经过大家的口口相传之后,就变成了林庭深和苏晚两人为了抢肖默城大打出手,最后林庭深为了捍卫自己的爱情,居然动手打了苏晚。

当然,民间流传的版本可是一个比一个精彩。

05

上午的两场手术挨得很紧,手术室外的同事只能一脸同情地看着苏晚,却不敢有近一步的行动。苏晚只得在心里咒骂李怀儒,自己不休息还要拖着全世界陪着的人,最可耻了。

中午,手术刚结束,苏晚就已经饿得前胸贴后背,早知道会是这样,今天早上就不应该故作矫情地和肖默城生气,还把早餐的分量减半了。

两场手术下来,苏晚利落熟稔的手术表现,倒是让李怀儒对她改变了一些想法。毕竟任谁也不会对一个无故请假三天的人产生什么好感来,何况,他还是一个严格的医生。

一出手术的门,苏晚就看见了林庭深。

他迎面走过来，温情脉脉地说："丫头，叔叔接你去吃饭。"

苏晚立即炸毛，抬脚朝林庭深踢过去，不满地说："让你乱了辈分，我还没让你叫我阿姨呢。"

林庭深被她踢得倒吸了一口凉气，伸手扣住她的头，直接朝楼下拖去。

直到将她带到肖默城的面前，林庭深才放开苏晚，冲着肖默城说："走吧，人都到齐了，你应该没有理由再拒绝我了吧？"

苏晚不满地瞪着林庭深，他总是动不动就喜欢扣她的头，像是拎小鸡一样拎她，要不是因为打不过，她绝对拼了老命地反抗。

"肖叔叔，他给你降了一个辈分。"苏晚一来就冲着肖默城告状。

林庭深毫无畏惧地伸手搭在肖默城的肩膀上，浅笑着说："你默城哥哥打赌输给我的可不止这一点，告状也没用。"

打赌，打什么赌？

苏晚一把拍开他放在肖默城肩上的手，然后怀疑地盯着他，看他是不是在撒谎。

本来打算说出来取笑一下肖默城的林庭深，在看到肖默城的眼神后，立即淡淡笑着，抿唇不肯再多说一个字。

肖默城看了看时间，关上电脑："去楼下食堂吧，你们应该都没时间离开医院太久。"

说起这事，林庭深就一肚子委屈，本想着首都大医院压力太大，调到 C 市，给自己放个假，减轻点儿压力。这下倒好，不仅没有放松，反而被一大堆的专家门诊，弄得连在医院转转都要挤时间。

被忙碌的手术一搅和，苏晚本来还余存的那些脾气，早被消磨殆尽。既然肖默城不肯离婚，那就说明让他喜欢上自己还有很大的几率，而目前最重要的是——解决温饱。

下午的三场手术她看过了，两个高龄产妇、一个多次剖腹产孕妇，都不是可以打个马虎眼儿轻松就能混过去的。

看着给自己盛得满满的午饭，还不由得祈求阿姨多给加几块红烧肉的苏晚，林庭深诧异地问道："你们家已经穷到揭不开锅了？"

肖默城默然，今早看到苏晚只吃那么一点儿的时候，还忍不住想提醒，不过见她并不是很愿意听，也就只好作罢，现在她恐怕是饿得不行了。

"所以，没必要去我家蹭饭，医院给你的福利可能更好。"他指了指林庭深碗里的饭菜，跟上苏晚。

林庭深不满地撇着嘴，果然是有异性没人性，自己大老远从首都过来，先不说接风宴还是合着医院的领导一起吃的那一顿，至少也应该对自己热情一点儿吧。这一个个的，是在嫌弃自己碍着他们了？

没有女朋友，又不是他的错。

刚坐下，苏晚就看到了不远处的李怀儒正走过来，想起整个上午他板着脸好像全世界都欠他一百万的样子，不由得扁了扁嘴，在心里咒骂了一句。

林庭深怀着作为同行同事的觉悟，觉得自己应该照顾这个初来乍到的同事，遂挥手示意道："李医生，这边刚好有个空位。"完全没有考虑苏晚的感受。

话一说出来，苏晚就恨不得跳起来将他揍一顿，尤其是看到他挥舞得恨不得拿面旗子欢迎李怀儒的手。

李怀儒看了看，倒是没有拒绝，大方地朝这边走了过来。

眼睁睁看着这一切发生的苏晚，气得深呼吸了一口，伸腿狠狠地踢在林庭深的小腿上。

林庭深吃痛地一哆嗦，筷子"咚"的一声敲在碗上。他眼神愤怒地盯着苏晚，冲肖默城委屈地抱怨着："你的人没大没小。"

肖默城满不在乎地看了看苏晚，点了点头："我比你大，按照夫唱妇随的原则，你还要叫她一句大嫂。"

林庭深气得牙痒痒，自己好歹还是陪过他度过漫长校园生活的同窗挚友，在这小丫头面前总是没有半点儿地位可言，他对这小丫头总是那么纵容。

李怀儒适时地出现，肖默城笑着点了点头，礼貌地寒暄道："李医生，可还适应？"

"挺好的。"李怀儒夹起盘中的饭菜细嚼慢咽着,回答得很简单。

苏晚一直埋头吃饭,不知道的还以为她饿了好几天了。

李怀儒淡淡地看了一眼苏晚,没有说话。

这样的气氛,就连林庭深都察觉到了尴尬,他只好笑着介绍道:"对了,这丫头是肖医生的老婆——苏晚,和你在一个科室。"

李怀儒漫不经心地点头:"上午见过,下午还有几场手术安排她跟着。"

一旁的苏晚并没有什么变化,埋着头专心地吃饭,哪怕明明知道话题降落在了自己头上。

肖默城看了看她,担心她会噎到,将早就买好的水打开放在她旁边,才对李怀儒说:"那就请李医生不要因为我的原因,对她过多照顾。"

他面不改色地说完这段话,不知道是故意的还是无意的,但是李怀儒还是听出了他话里的意思。

不需要过多照顾,难道是不想让他对她存在偏见的另一种说法吗?

06

饭后,林庭深和李怀儒率先离开,肖默城等着苏晚吃完那满满的一碗饭,才将早就盛好的汤递过去,开口道:"今天很忙?"

"差不多,下午还有三场手术。"苏晚无奈地说着,表情幽怨。

肖默城适时地摸了摸她的头:"行,那手术之后打电话给我,一起回去。"

苏晚笑着点了点头,想着上午本来打算去找阮季的事情因为手术耽搁,现在刚好有时间就过去一趟,遂问道:"我哥今天没有来医院吧?"

"他今天去工地那边有事,应该没空过来。"

苏晚满意地点了点头:"那就好,我去找阮阮嫂子了。"说着朝肖默城笑着挥了挥手,一蹦一跳地朝着阮季办公室走去。

看着她离开的样子,肖默城想起昨晚她说的那些话,心里莫泛起一阵酸楚,想来应该是这段时间太轻松,闲得都有些发慌了。

昨天谭梓陌带走阮季的时候,那凶恶得恨不得把阮季掐死的样子,她可是记得清清楚楚的,按照目前的情况来看,她有必要去阮季那里打听一下情况。

"阮阮嫂子!"苏晚将门开了条小缝,探出头,小心翼翼地冲着里面喊道。

似乎没想到会有人在这个时候找她,阮季诧异地抬起头,见是苏晚后,又埋下头,奋笔疾书:"进来吧,想吃什么自己拿,今天没空招待你。"

苏晚凑过去一看，只见阮季在一沓纸上，工工整整地写对不起，旁边还有一沓已经写完的。

一看就知道这些是用来干什么的，苏晚遂拿起桌上那沓已经写好的纸，发表着意见："我哥让你写这个，还不如直接让你写唐诗宋词，正好当作胎教，说不定小侄子出来的时候，直接五步成诗。"

"那你还真是为我着想呢，三个字的不要，非要抢几十个字的。"

苏晚呵呵笑了几声，找了个合适的位置躺下，冲着天花板感叹着："下回还是不拉着你出去玩了，免得还要连累你。"

阮季轻笑一声，倒也没有怪罪的意思，漫不经心地问："肖师兄是不是做好了一大堆饭菜站在家门口等着你？"

说起这事，苏晚就惆怅了。你说别人家的丈夫要是知道妻子连个招呼都不打溜出去玩，不说直接冲过去找回来，至少也应该在家准备一大堆家法伺候着吧。怎么到了他们家，非但没有那些，还让她回想起来满满的全是罪恶感。

她颓废地往椅子上一躺："还真被你猜对了，你说我都这么折腾，他非但没有说我一句，反而还像个独守空房的小姑娘，一瓢水浇得我连火都不知道怎么发出来。"

"肖师兄的体贴你又不是没见过，也不是一天两天了，你其实也没必要在这上面纠结。"阮季难得好心地开导着，真不知道这小丫头怎么了。当初追肖默城的时候，劲儿可足了，没想到追到手之后，反而畏畏缩缩，担心这个担心那个的。

"你什么时候也被肖叔叔收买了？"

阮季刚想辩解，就看见门口忽然多出来一个人。她看了看躺在自己沙发上毫无察觉的苏晚，轻咳一声，见苏晚全然没注意后，装模作样地提醒："小晚，听说你们妇产科最近很忙，你居然还敢在这儿偷懒。"

"阮阮嫂子，我都这么可怜了，你就不能让我在你这里求个安慰吗？"

"我倒是想安慰你，不过现在我恐怕自身难保。"

阮季小声地嘀咕着，话音刚落，门口的人就大方地走了进来，也不多做什么，就这样直直地站在苏晚面前，冷冷地问："还有胆子来这儿，看来……"

本来还在理解阮季说的自身难保究竟为何的苏晚，听见声音吓得整个人直接从沙发上蹦起来，因为太猛还没有站稳，直接撞到桌角。她可怜兮兮地看着阮季，发现对方脸上满是无奈，上面脸上写着：我已经尽力了。

苏晚不安地捂着被撞的地方，虽然不疼，却还是装得很严重的样子，可怜兮兮地主动退缩："哥，小的这就退下，祝你万寿无疆。"

谭梓陌冷哼一声，一把抓住她的衣领，完全无视她的委曲求全："再有下次，看我怎么骂你。"

苏晚满面真诚地连连点头，冲着阮季做了个委屈的表情，在谭梓陌松开她衣领的一瞬间，溜了出去。

走了几步，她又觉得哪儿不对，遂转身，畏手畏脚地替他们关上门，胆战心惊地回了妇产科。

07

在值班室撞见李怀儒时，苏晚条件反射似的紧张起来，站在门口礼貌地问候了一句李医生，不知道是应该转身离开，还是大方地走进去。

即便中午肖默城将话说得那么清楚，但苏晚也没有天真地以为李怀儒会一下就改变对她的看法，就上午对她的挑剔程度来看，她不得不怀疑他是故意的。

相较之下，李怀儒就显得大方得多，看似碰巧遇见苏晚一般，淡漠地说："正好，你来了就将上午的手术病例资料整理一下，明天送过去存档。"然后，将手上的一沓资料递到苏晚面前。

问话里表现碰巧、顺便的词语，在苏晚看来不过是他在故意等她的掩饰，看来连请三天假的影响，并没有因为上午的手术而减轻半分。

看着面前的一沓资料，苏晚不知道自己应该是伸手去接，还是应该直接拒绝，想了一下还是开口道："李医生，我想你记错了，这个事情好像不一定非要我做，我只是一个助产护士。"

"我现在没空，需要你帮我一下，难道也不可以？"

面对他的请求，她完全找不到理由来推辞，何况正如他所说，他很忙，忙得让她差点儿有些怀疑，这些来C大附院的产妇是不是从全国各地请来的托儿。

"是需要我现在就整理，还是等做完下午的手术之后再说？"苏晚接过他手上的一系列材料。下一场手术在半个小时后，她需要提前准备。

李怀儒倒没有刻意刁难："等下午手术结束，到时候一起整理。"

在他面前不好直接发作的苏晚，只能干笑着满口答应，却在他转身后，愤愤不平地在心里咒骂，将资料暂时存在更衣室的柜子里，打算等下午回去的时候，一并带回去做。

手术开始前，戴手套的时候，李怀儒似是无意地问："你来医院多久了？"像是在故意拉近两人之间的关系。

"如果按照转正算的话，三个月不到。"

本以为李怀儒应该会说几句，至少应该有个简短的评价，可他只是在她戴好手套后，转身朝手术台走去，仿佛刚才的对话只是她的错觉一般。

苏晚愤愤地瞪着他的背影，整个下午的手术，两人再也没有说过一句话，她机械般地递着手术用品，帮他擦汗的时候还故意下手很重。

像是完全感受不到苏晚的愤怒，李怀儒只是认真地做着手术,没再和她说过无关工作的话,直到手术结束。

最后一个病人手术时间较长,从手术室出来的时候,天幕早已降了下来,玻璃窗外除却万家灯火在同夜色垂死挣扎,一切都慢慢沉寂下来。

苏晚本来想给肖默城打个电话,让他直接去楼下等自己,拿起手机一看,发现手机已经开不了机,只好去办公室找他。

她到办公室的时候,肖默城不知道正在和谁打电话,站在窗前,背对着门的方向,在她进去的时候转头看了看,然后含含糊糊地挂掉电话。

即便听不到对方在说什么,但苏晚已经从他的神情中,察觉到了一丝谨慎,像是并不希望她知道对方是谁。

这种情况在他们之间是少有发生的。

挂掉电话的肖默城,将身上的白大褂脱了后,拿过苏晚抱着的一沓资料,揉了揉她的头发,柔声问:"今天回家还要加班?"

苏晚哀怨地点了点头,顺势挽上肖默城的胳膊,只字不问刚才那个略显奇怪的电话。

/第二章
南有樛木,葛藟累之

01

紧接着一连串的加班,让苏晚忙碌到完全没有时间去想别的事情,可能是知道李怀儒在故意针对自己,她反倒觉得没什么了。

就像是平静烦闷的生活突然多出来一个人和自己较劲儿,这样的正面冲突,大不了拼个你死我活,若是化开了还能握手言和。

在连续上了两天的夜班后,苏晚一早就去找李怀儒,发现他端坐在电脑前,也是一夜未睡的样子。

"李医生,这是你要的资料。"苏晚恭敬地说。言语里满是公式化的语气,不故意讨好,却也不疏远。

"嗯，就放在那儿吧。"

李怀儒好像还在忙着别的事情，从她敲门开始，他连头都没有抬一下，一直对着电脑。

刚放下资料，在李怀儒下意识地按着睛明穴的时候，苏晚打了个哈欠，不知道哪根经抽了一下，脱口而出："需要我帮你泡杯咖啡吗？"

李怀儒缓缓地抬起头看着她，半天不说一个字。

漫长的沉默让本来一说完就恨不得将自己舌头咬断的苏晚更加后悔。她纠结了半天，只能强行给自己找了一个台阶："没事我就不打扰李医生了。"

正当她走到门口的时候，背后忽然传出一句："谢谢！"

她本能地回头，如果不是看见突然出现在桌上的杯子，她差点儿怀疑自己刚才是不是幻听了。

一回到值班室，苏晚就被赵倩拉住，疑惑她到底是怎么得罪那尊大佛的，不然怎么会一连这么多天每次一有事情就叫上她。

苏晚无奈地撇了撇嘴："是不是觉得我最近印堂发黑，是大凶之兆？"

如果仅仅是因为她无故请了三天假，而对她产生这些偏见的话，也应该早就过去了。现在这些，恐怕只是因为她嫁了一个让人嫉妒的男人。

而这个男人还和她在同一所医院。

苏晚想起他当初问的第一个问题，琢磨着看来他真的把她当成关系户，她还不知道走后门还要经历这些折磨的。

赵倩板着脸敲了敲她的头："我是看你应该回家休息了。"

苏晚看了看赵倩递过来的咖啡，觉得嗓子有点儿涩，遂摆了摆手，示意赵倩今天不要再找自己，就近找了个位置坐下，两眼一闭，任谁喊她都不再理会。

熬夜是最容易让人感觉到身体衰老的事情，就像现在，她忽然觉得自己好像已经老了十来岁一般，困到不行，而感冒好像也想在这种时候乘虚而入。

此时办公室的李怀儒，拿起桌上的资料漫不经心地翻阅着，倒不是不相信苏晚，而是想看看她究竟能够忍到什么时候。

没睡多久，苏晚就收到通知说让她去肖默城办公室休息一下，肖默城已经帮她请假了。

想来是今天早上咳的那两声被他听了去。苏晚没说什么，直接去了肖默城办公室，吃了药又睡了过去。

中午的时候，肖默城下楼去买中饭，苏晚睡得迷迷糊糊，听见电话响，也没看是不是自己的手机，拿起就接了。

听筒里的声音一传出来，苏晚整个人就打了一个激灵，本来昏沉的脑子猛然清醒，霎时睡意全无，下意识地看向手机的来电显示，全身的细胞都紧张了起来。

电话里的人因为她的沉默而连连呼唤。在对方的连连发问中，苏晚挂断了电话，盯着手里的手机出神。片刻后，她将手机放回了原处，端坐在椅子上，等着肖默城回来。

这个电话，让苏晚立即想起肖默城前几天接的那个电话，心里泛起焦躁。

肖默城进来，见苏晚已经醒了，遂将还冒着热气的饭菜摆在桌上，把筷子递给她，问道："怎么就醒了？还是不舒服？"

苏晚在听到他的声音后，立即收敛了刚才深思的面容，笑着接过肖默城手上的筷子："肖叔叔，有人打电话过来，说她下周末回来。"明明是再平常不过的一句话，却让肖默城面上表情一变，连手都僵在了空中。

她要回来，她真的要回来？

肖默城的眉毛皱在一起，脸上的表情有些慌乱，一个在离开的时候，狠下心说绝不留在C市的人，突然说要回来，起先听到这句话时，他自然也没放在心上。

这段时间苏晚一直在忙，他就算是再傻也知道苏晚对那个人的忌讳，自然而然地也就没提起过这件事，却不想竟让她以这样的方式知晓。

"小晚，那个……"肖默城迟疑着，并不打算为自己辩解，只是不知道应该怎么解释这一切。

"你都知道是谁的电话啊，所以，她早就和你联系过了？"

她看着肖默城,因为发烧的原因,眼眶红红的倒像是哭过一般,看得肖默城心里一怔。末了,她又自嘲地补了句,"也是,你又怎么舍得和她断了联系呢?"

沙哑的嗓子,厚重的鼻音听在肖默城耳里像是夹着一丝哭腔。

他伸手摸了摸苏晚的头:"眠春因为工作原因回国,这才带着凡凡和秦阿姨回来的,我不过是尽一下朋友情谊帮个小忙,没有别的意思。"

苏晚没有回答,只是沉默着一口一口地嚼着嘴里的饭,倒不是不相信他的解释。只是,那个女人从小在C市长大,难道还不能在这里将自己安顿好?

没有别的意思,是你对她?还是她对你?

最后,苏晚什么都没说,否则又会显得她像个长不大的小孩子,还是保持沉默最好。

肖默城还在絮絮叨叨地解释着,苏晚却一句都没有再听进去。

苏晚只知道那个人要回来,而且通知了肖默城去接她。

02

吃完饭,苏晚依旧在肖默城的办公室里躺着,只是翻来覆去都睡不安心。林庭深来看过她一次,逗了她几句之后,见她整个人无精打采的,便觉无趣地失望而归,临走时,他还不忘批评她今天一点儿都不可爱。

苏晚无奈，一个深陷危机的人应该怎么可爱起来？

阮季来的时候，她正好口渴，摸索着想要起来。阮季见着，立马叫她回去躺着，然后给她倒了杯水。

"怎么，今年这场流感这么厉害，竟然连你都被降住了？"

苏晚接过水，喝了两口后，才无奈地扁嘴笑了笑，将心里的疑惑问出来："阮阮嫂子，你觉得肖叔叔会出轨吗？"

"看来病得不轻，脑子都烧坏了。"阮季伸手摸了摸她的额头，半开着玩笑。

苏晚也不再纠缠，勉强露了个笑脸，嫌弃地拿开阮季的手，看了看阮季已经很明显的肚子："那你还是快点儿走吧，我要是把病传染给你，我哥非撕了我不可。"

"现在是在赶我走吗？不过我确实不能一直待在这里，有事的话万一肖师兄不在，记得打电话告诉我。"阮季说着又不放心地问，"要不你去我那边躺着吧。"

苏晚笑着摇头："我怕我哥。"

阮季不屑地"喊"了一声，临走时又补了一句："好好睡一会儿，不要胡思乱想。"

苏晚点了点头，可她这些担忧怎么能够算是胡思乱想，那可是她在喜欢肖默城的时间里，唯一给过她打击的人，让她连撒泼打滚都失了作用的人。

那人不过轻轻一笑，就能让肖默城的目光痴痴地追上一路。她太清楚不过那种注视，哪怕万籁俱寂，依旧燃烧着熊熊烈火的热情，是瓢泼大雨都浇不灭的。

既然选择了出国，为什么还要回来？苏晚在心里愤愤不平地想，却没有人能够回答她这个问题。

不知道是不是得知秦眠春要回来的原因，这场病宛如洪水猛兽般地席卷而至，一向身体不错的苏晚，在第二天的时候，直接躺在床上连起来都艰难。

肖默城一早见她这样，赶紧将她带去医院，给她在呼吸内科安排了一个床位，在众目睽睽之下，公然抱着她去看医生。

不过此刻已经烧得迷迷糊糊的苏晚完全没有心情去感受这些，她躺在肖默城怀里，连抓住他的衣角都显得困难。

苏晚连续挂了几天的水，手上被扎出一连串的针孔，才终于在临近周末的时候，打起些许精神来，拖着病恹恹的身子去妇产科打了个招呼。

一上去，正好撞见李怀儒从手术室出来，还是连衣服都还没来得及换下的样子。看见苏晚的时候，他迟疑了一下，像是想要问什么，最后却只是冷漠地说：“就你这个工作态度，医院当初招你的时候一定是瞎了眼睛。"

苏晚听得多了，练就了金刚不坏之身。她满脸真诚地说："早知道李医生会这么想，那我应该一开始就坦然承认我是走后门的。"

就工作能力而言，这将近半个月的相处，李怀儒对苏晚先前的那些偏见其实也消磨了不少。

当时他刚来医院，有一次在手术室等了半天，发现该来的助产护士一直没来，一问才知道那边的安排出了错误，苏晚这几天请假。

能让他在手术室等的人，他自然印象深刻，一问才知道她原来是肖默城的老婆，脑子里自然就给她贴上了走后门的标签。

今天被她这么一提起，李怀儒顿觉羞愧，急忙转移话题："病好些了？"

苏晚自然看出了他的不好意思，也不急着戳破，依旧满脸真诚地说："我保证病一好就回来，绝对不辜负李医生对我的厚望，好好工作，造福人类。"

李怀儒没有再多说什么，直接转身往自己办公室走去。

见他走了，苏晚看不惯地做了几个鬼脸，愤愤不平地嘀咕："有什么好得意的，不就是医院高价请来的外援，一天到晚用鼻孔看人。"

赵倩看见苏晚，眼睛一亮，凑过来哀怨着："你还真是会挑时间生病。"

苏晚笑着反驳了几句，安心地回了心胸外科，心里有些郁闷，李怀儒居然没有催她早点儿回来上班，难道不应该批评她借着生病，请这么多天的假吗？

03

那天之后，两人都没有刻意提起那通电话，可有的事情，不是不提它就不会到来的。比如现在，肖默城坐在苏晚旁边，一面注意着她的神情，一面回答着电话里的人。

他没有刻意回避，反倒让苏晚觉得自己是不是有些小肚鸡肠，遂装模作样地拿出手机，耳朵里却全是肖默城的声音。

"感冒有没有好点儿？"在打完电话后，肖默城问苏晚，声音仍是低沉的，和方才说电话时差不多。

苏晚点了点头，倒不是刻意逞强，今天一早醒来，确实比前几天感觉好多了，否则也不会有力气在医院瞎逛。

"那今天晚上我们出去吃吧，反正也要去接眠春。"

对了，那人叫眠春，秦眠春，曾经住在肖家对面，和一个幼稚的小屁孩儿相比，她是懂事的、温柔的、恬静的，如水中芙蓉，娇嫩到足以让人心间一软，是一个让人恨不得将她捧在手上的人。

而肖默城就是曾将她捧在手上的那个人。

"我感冒刚好一点儿，可不想吹个风又得请几天假，不然到时候医院把我开除了，我还要重新找工作。"

苏晚笑得一脸没心没肺，她总不能说自己根本就不想见到秦眠春，否则她会生出一种自卑感，让她恨不得将他拱手让出去。

"小晚……"他似乎在为她的不懂事而生气。

苏晚脸上还是挂着笑，说出来的话却让肖默城无法反驳："肖叔叔，你是想让我看着你去关心她，还是希望我和她能够像朋友一样贴心谈话。我同意你去接她，不代表我已经接受她。"

肖默城抿着唇，也不再强求，顺毛般地揉了揉苏晚的头发，说着："那我可能要带他们去吃饭，到时候你就在这里和小师妹吃晚饭，我再来接你。"

"知道了，我又不是小孩子，难道现在连吃饭都不能让你放心了？"苏晚不耐烦地再听下去，顺势往他怀中一躲，仰头抱怨着。

"在我面前你以为你还能大到哪里去。"

苏晚不服气地辩解："那也不是小孩子，至少我可以领证结婚。"她说的这句话倒有点儿像是在暗示自己，肖默城已经是她合法的丈夫一般。

"幸好可以领证，不然我可就犯罪了。"

可能是见她今天感冒好点儿了，也就笑着打趣，这样的肖默城倒是少见。在小时候，常常会有，有时候他还会故意逗她。可自她说喜欢他开始，他对她就只有了长辈般的呵护了。

苏晚笑得甜甜的，心里却止不住地焦躁。

他们要见面了。

肖默城是提前下班的，临走时还不住地提醒苏晚记得吃饭。苏晚嫌他唠叨，扬了扬手，催促着要走就快走。

　　到了饭点，阮季准时过来叫她，想必是肖默城的功劳，倒是不能否认，就处事而言，肖默城是做得面面俱到的。

　　从不主动去联系秦眠春，就算现在秦眠春是在上飞机的时候给他打的电话，他也是踩着点去机场接她，甚至问苏晚要不要去。

　　坦坦荡荡的样子，连遐想的机会都给掐灭在了萌芽里，自己应该相信肖默城吗？可她又有不相信肖默城的权利吗？

　　苏晚忽然有些难受了起来，在这场旷日持久的战役里，哪怕现在她已然看似胜利，却也不知道应该怎么掌握主动权。

　　阮季还是难得看到她满目深沉、多愁善感的样子，忍不住打趣："怎么，肖师兄是去接个朋友，又不是见情人，你这副样子，要是叫你哥看了去，还不知道怎么嘲笑你。"

　　是不是情人，谁又知道呢？但至少应该算是初恋吧，说不定以后……苏晚甩了甩头，没敢让自己想下去，她一直努力地朝着肖默城靠近，却从不强迫肖默城做任何事。

　　可如果肖默城想要和秦眠春在一起，她会同意离婚吗？

　　才结婚半年就提离婚好像有些太过伤感了，这段本来就不简单的恋爱，好像在结婚后也并不能平静。

　　"他也就这点儿出息，和我比也没见好到哪儿去。"苏晚不服气地哼哼，起身和阮季朝食堂走去。

不得不说，C大附院的食堂还是非常不错的，否则，当初阮季也不可能死都赖在附院，就是被这食堂给收买的。

刚到食堂，正好碰到林庭深和李怀儒，明明看上去性子完全不搭边的两个人，来这儿后倒像同是天涯沦落人般心心相惜起来，常常看到他们一同吃饭。

见到苏晚，林庭深毫不客气地叫她们过去同坐。

放眼望去，食堂满满当当的都是加班的同事和患者家属，根本没有单独空出来的位置。与其和不熟络的人坐一起，林庭深确实是个不错的选择，如果身边没有李怀儒的话，苏晚想。

"我还不知道，原来林学长这么喜欢我们附院食堂的饭菜啊。"苏晚一边笑着说道，一边坐在林庭深的对面。

"少在这里说风凉话，抢了我的人，连顿饭都不补偿我，现在居然还有脸取笑我。"说着林庭深发现不对劲儿，不由得好奇道，"我没记错的话，你应该还在请假吧，肖默城没道理不在啊。"

说起这事，苏晚脸上闪过一丝轻微的哀伤，满不在乎地说："肖叔叔今天有事，等下过来接我。"

李怀儒看着她，探究的眼神似乎在分辨这件事的真假，但终还是什么话都没有说，埋下头继续方才的动作。

林庭深也不是喜欢追根究底的人，说了句"我还以为我有机会抢回肖默城了呢"便轻巧地转移了话题。

不知道谈了多久,就在苏晚碗里的饭见底的时候,她一抬头正好发现李怀儒直直地看着她。见她抬头,他脸上闪过一丝慌张,但是很快被掩盖了过去,淡然地别过头。

苏晚心里纳闷了一下,却又不好戳破,只能撇了撇嘴,尴尬地结束了这顿饭。

04

肖默城似乎并没有在那边逗留太久,大概八点半的时候,就出现在了医院大楼里。他手里提着顺道从北城那边买回来的粽子,地道得很,知道苏晚平时很少吃肉,买的是红豆的,甜甜的却不腻。

看着他手上的粽子,苏晚这才想起来,这个周末恰好是端午节。上次春节因为工作的原因留在C市,元宵回去也没有过多停留,后来又一直在忙,现在想来爸妈应该早就在家念叨着了。

"肖叔叔,这周我们回觅江吧。"接过粽子,苏晚笑着问。

想着这周也没什么事,肖默城也就没有拒绝,点着头答应:"周五去爸妈家,到时候直接从那儿去觅江。"

苏晚点了点头,提着一袋粽子一蹦一跳地走进电梯,到底是小孩子的心性,得点儿好处就可拨云见日。

周五，两人一同去了肖家。肖家就在 C 市北城区那边，小区早些年重建过，但是大多数的建筑还是保留了原来的风格，在 C 市也算是一道风景。

两人刚到楼下就看见肖母站在阳台边上张望了。算起来，肖默城已经有大半年没有回来了，苏晚倒是有空就过来看看，带些东西，却也不在这边过夜。

一进门，苏晚就甜糯糯地喊了句妈，乐得肖母合不拢嘴，拉着她左看右看，恨不得从中找到些许不同之处。

肖默城自然知道母亲的心思，不免有些无奈，只好出言解释着："妈，你就是把小晚看穿了，她也还是一个人。"

肖母不满地剜了一眼肖默城，没好气地说："知道我在看什么，又不给我费点儿心力，真是没让我省心过。别又拿小晚给我打马虎眼儿，她小，你以为你还年轻吗？"

这种时候，苏晚自然也只能在一旁闷不作声，虽说凭借这些年追肖默城的耐力，肖家的人早就把她当作自家人，但她自然也知道，这种时候不管帮哪边，都只会助长这把火。

"妈，有你这么说自己儿子的吗？"

"那你倒是拿面镜子照照自个儿，都是三十好几的人了，还一点儿都不知轻重。"

眼看着肖默城就要有好一顿训的了，幸好这时在厨房忙了好半天的肖父从里面走出来，说可以吃饭了，这才无声地替肖默城解了围。

饭后，两人睡在肖默城以前的房间，床单是刚铺上去的。苏晚缩在被子里，只探出个头，眨着眼睛感叹："肖叔叔，难怪你半年都不回这儿一趟。"

"小晚，孩子的事……"

"我知道，我还太小，不想我现在就被孩子困住，过段时间再看看。"苏晚闷闷地抱怨着，"我没有忘记的。"

关于生孩子，先不说她大学还没毕业，就算是毕业了，也没有说非要立即着急要个孩子，她才刚刚完整地拥有肖叔叔呢，十二年都等了，这点儿时间还是可以熬过的。

肖默城本还想说些什么，最终却不过是闭口不言，任由苏晚往自己怀里缩了缩，哪怕这小丫头已经长大，可不管怎么看都还是十几年前的那个小丫头。

他伸手将苏晚往怀里抱了抱，将她的手握在手中，她向来喜欢踢被子，感冒才刚好，再生病可就不好了。

次日一早，两人在肖家用了早餐。肖父因为曾经发生的一次意外，辞去了医院的工作，现在在一家医疗器材公司工作，不算太忙倒是在家练了一手好厨艺。

苏晚打趣地说，幸好自己和肖默城搬出去住了，否则天天吃这么好吃的东西，不得胖死去。

肖母却不苟同，作势板着脸反驳："我吃了这么多年，也没见哪里长肉。"

"那我哪敢和妈比,谁不知道您当年可是C市文工团的一枝花,否则怎么会生出这么帅的肖叔叔呢。"苏晚嘴里被塞得满满的,含含糊糊地说着,把肖母都给逗乐了。

肖默城将一旁热好的牛奶递给她,将她够不到的饺子又给她夹了几个,不住地提醒:"慢点儿吃,没人跟你抢。"

苏晚傻傻地笑了笑,手上的动作却也没慢上半点儿。

05

去觅江的一路,苏晚靠在座位上不知道在想什么,时而忧愁,时而喜悦。肖默城看在眼里,也没有打算点破,他还是习惯给苏晚留很多自己的空间。

她不问的,他很少会提;她若真是问起来,他定然知无不言。可让他觉得奇怪的是,这都已经过去好几天了,关于秦眠春的事情,她竟然一直没有提起。

不知道是在等他主动说起,还是根本就不想知道,这样的苏晚让他有些捉摸不透。

小时候,她说:默城哥哥,我能不能嫁给你?后来她说:默城哥哥,你一定要等我长大;默城哥哥,我不喜欢秦眠春,因为她,你变得不开心了。

她从来都是想到什么就说什么,就像半个多月前,她不喜欢现在的生活方式,想要和他离婚,也都是毫不避讳地说出来的。

　　想到这儿,肖默城心间一怔,泛起一股酸楚。他差点儿忘记了,这小丫头半个月前曾经提过一次离婚,也是自那之后,她好像开始变得和以前不一样了,这让他忽然觉得有些烦闷。

　　"小晚。"他出言唤道。

　　苏晚不解地睁开眼,疑惑地看向他,似乎在揣测他有什么事情。

　　肖默城想了想,最终还是将心里的疑惑沉沉地压了下去,淡淡地说:"没事,你要是觉得累,就好好休息一会儿,离觅江还有一段距离。"

　　苏晚看了他好一会儿,脸上写满了怀疑。片刻后,他转过头,果真闭目养神了起来,心里不禁轻笑一声,看来自己也老了,明明半年前不管怎么闹腾都精神十足,现在好像什么事情都不做也会觉得很累。

　　直到车停在苏家门口,肖默城才将苏晚叫醒。

　　苏晚揉了揉眼睛,迷迷糊糊地下车,一眼就看见站在别墅外面的父母,睡意瞬间散去,跑着过去一把抱住他们。

　　苏家在觅江也算是有钱人,早年间做生意赚了些钱,后来苏父就盘下一大片地方,开了一间饭庄,里面可以钓鱼、钓龙虾,还有几间厨房、几间住房特意空出来,留给那些来度假的小情侣。

谭梓陌和阮季在去年的时候去过饭庄一次，反倒是他们俩总是没空在觅江逗留多久，自然也就没空一起过去。

肖默城跟在后面，礼貌地和二老打了招呼，跟着他们一同进去，顺手将带过来的一些补品放在茶几上。苏母自小贫血，后来生了苏晚情况就更甚，肖默城每次过来都会带些东西。

对于肖默城，苏母不陌生，肖家和谭家一直是邻居，那时她还没嫁到觅江来，也算是见着肖默城长大的，只是没有想到他竟然会成为自家女婿。

招呼他们进去，苏母将早就准备好的粽子拿了出来，大概是想到肖默城不怎么喜欢吃粽子，又洗了些水果。

苏晚闲待在房间有些闷得慌，就说和肖默城出去转转，正巧苏母说今年觅江河举行龙舟赛，倒是可以去看看。

06

可能是难得碰上一次龙舟赛，一路上，苏晚一扫前面的疲倦，拉着肖默城的手，一蹦一跳的，不知道有多欢喜。

恍惚间，肖默城差点儿觉得先前看到的那个满腹心事的苏晚，只不过是自己眼花了。

他想，关于秦眠春的事情，还是有必要好好解释一下。虽然上次已经说得很清楚，但他知道，不管怎么样，抛下自己的妻子去接别的女人，都是一件罪过的事情。

"肖叔叔，你快点儿，不然占不到好位置就只能看人头了。"苏晚显得有些着急，如果不是肖默城死死地抓住她的手，她可能恨不得将他抛在身后，自己先冲上前去。

肖默城笑得满眼宠溺，打量了一下四周的环境，无奈地说："带你去个地方。"

也不管苏晚一脸不相信的样子，他拉着她直接朝人群的另一边走去。挣扎无果的苏晚只得怯怯地由着他牵着朝另一边走去。

站在沿江酒店阳台前的苏晚，惊讶地发现，这里居然是看龙舟的极佳位置。不过，那些住在觅江，还喜欢看龙舟的小孩儿老人，自然不愿意花这个冤枉钱。

站在这里虽然没有置身在热闹的呐喊声中，却能够将整个比赛一览无遗，楼下的欢呼声并不会少去半分，该有的气氛全都有，但是这里却是只有他们两个人的地方。

她没想到肖默城居然会想到这个地方。

想起刚刚两人进酒店时的想法，苏晚现在只觉得羞愧，她怎么能够随便想歪她正直的肖叔叔呢，真是丢脸。

见苏晚红透的脸颊，肖默城转过头不解地问道："小晚，怎么了？"

这样一来，苏晚的脸更加红了，像是沁得出血一般，她含糊地看着窗外，故意转移话题："肖叔叔，没想到你竟然能够找到这么好的一个地方。"

肖默城自然看出了苏晚的害羞，他眼里满是探究，想起刚刚付款时那个前台看着两人由疑惑转为笑嘻嘻的脸，莫非……

　　此时的苏晚自然早就心不在焉，即便眼睛还是努力地看着楼下已经开始的龙舟赛，但是精力却全集中在余光里的肖默城身上，重点是肖默城还好死不死地一直盯着她。

　　忽然，苏晚只觉得腰上一紧，人就已经到了肖默城怀里，腰间是他炽热的手掌，他眼里的专注，让她不得不陷进去。

　　在肖默城极近呢喃的呼唤中，苏晚觉得自己像是中了蛊惑一般，楼下的龙舟赛正激烈角逐，规律的鼓声、整齐的划桨声，连同着苏晚那颗马上就要蹦出来的心脏跳动在一个频率上。

　　唇瓣上传来柔软的触感，那一只手已经顺着她的腰往上游走……

　　在这方面，肖默城向来主动，却也很尊重她。以前每次都会在亲热之前询问她的意愿，会顾虑她的感受而主动熄灯，像这样在江边酒店，日光朗朗之下，是从来没有过的。

　　"默城……"在身上衣物快要脱落之前，她颤颤巍巍地唤着，肖默城这样突然的改变让她有些迟疑。

　　只有在这种时候，她才会这样叫他。

　　"嗯？知道了……"低沉的嗓音在这时候变得沙哑，她还在他的怀中，却只是感觉到几个转身，人已经从阳台上回到房间。窗帘被拉好,而两人也深陷在了柔软的棉被中。

苏晚攀在肖默城脖子上的手颤抖着,不知道是为这毫无准备的事情而紧张,还是期待……

温存过后,苏晚枕在肖默城的臂弯里,将脸埋在被子里,外面的龙舟赛还在继续,激烈的鼓声似乎在提醒她刚才那些让她害羞的事情。

肖默城自然也不会戳破她,不然等会儿她铁定一晚上都羞得不会再和他说话。

"回去吧?"良久,怕她一直闷在里面憋坏,肖默城才将被子扯开一点点,正好露出她的脸。

听着外面还在进行的龙舟赛,苏晚也不好意思继续看下去,只得勉为其难地点了点头:"肖叔叔,你把眼睛闭上,我先去浴室洗澡,然后你再去。"走的时候,溜得飞快,差点儿一下摔在浴室里,却还不忘提醒,"不许偷看。"

哪怕两人已经结婚半年,哪怕她肖想了肖默城十二年,可对于这种事情她还是觉得不好意思。

从酒店出去的时候,前台小姐似笑非笑的表情,让苏晚连头都不敢抬一下,任由肖默城将自己拉在怀里,紧张得觉得好像全世界都知道了刚才发生的事情。

苏晚蹑手蹑脚的样子让肖默城忍不住发笑,却被她的一记警告的眼神给憋了回去,连他都没有想到,自己居然会在这种情况下,做出这般事来。

直到身后龙舟赛的呼喊声越来越远,苏晚才想起出门的正事,不满地扁着嘴,瞪着肖默城:"都是你,明明说好是来看龙舟赛的。"

"我们听了。"肖默城脸不红心不跳地说着,一副一本正经的表情。

听了这话,苏晚又想起方才的事,外面明明还是震耳欲聋的比赛声音,可他俩却……她不禁下意识地加快了脚上的步伐,恨不得找个地方躲起来,真是没脸见人了。

见他俩居然回来得这么快,苏母随口问了一句:"怎么你俩这么快就回来了?没有碰见你爸吗?"

没想到苏晚似受到惊吓般,反应极快地大声说:"没有!"

被苏晚的声音震得一愣,苏母心想:没见到就没见到,又不是仇人见面,有必要这么激动地反驳吗?

"我们觉得人太多,就提前回来了。"

最终还是肖默城,淡定地顺着苏晚的头发,礼貌地笑着解释,看着苏晚的眼神满是意味深长。

苏晚这才想起自己刚才过激的情绪,羞愧地低着头,随便找了个借口朝楼上自己的房间走去,将肖默城留在底下和母亲说着一些无关紧要的家常。

在面对长辈方面,肖默城一直都比别人有更多的耐心。

07

下午,苏母在厨房里准备大餐,苏父围着老婆乱窜着打下手,苏晚则靠在肖默城的肩上,懒洋洋地看着面前的电视。

"肖叔叔,我们明天去饭庄吧。"苏晚笑着问,"爸爸说今年那边的杨梅结得多,可以摘些,顺便给妈和舅舅家送过去。"

想着明天也没有什么事情可做,母亲又喜欢吃杨梅,他们开车回去也方便,倒是个不错想法。

两人商量着什么时候去,到时候还可以玩一玩再回来之类的,如果没有饭后的那通电话,那所有的期待都应该如期而至。

当时苏晚正在浴室,房间里忽然响起刺耳的铃声。

作为医生,除了在医院上班的时候将手机调成振动,大多数时候,肖默城都是将手机铃声打开,避免医院有什么事情,不能第一时间接到电话。

"喂。"肖默城本能地接起来,甚至没有看来电显示。

"默城,眠春在家忽然晕倒了。阿姨刚回来,又不认识人,没办法只能找你。"对方说得有些焦急,慌乱到连说出来的话都有些颤抖,灌入话筒的小孩子的哭喊声,让人瞬间心软。

肖默城尽量让自己保持平静,下意识地看了看门口,转身走到窗前:"阿姨你先别着急,也不要动眠春,我马上给医院打电话,我现在不在 C 市,你先去医院,我跟我同事打个招呼。"说着肖默城挂了电话。

秦母刚从国外回来,一向视作依靠的女儿忽然病倒,自然是不知所措的。

这件事情来得太过突然,但肖默城还是很快冷静下来。

林庭深今天好像睡得很早,打电话过去的时候,声音慵懒,语气却很不好。如果不是知道肖默城现在还在觅江,林庭深可能会爬起来直接杀到他家去。

"你现在去一下医院,看看眠春是什么情况。"

"什么?秦眠春回来了?"林庭深的睡意被惊得全无。

他是认识秦眠春的,那个让肖默城消沉了一个学期的女人,居然回来了。

"嗯,是阿姨想回来,她带着孩子一个人也挺不容易。"

"丫头知道吗?"

"知道。"

只听见林庭深相当生气的冷哼声,紧接着一串电话的"嘟嘟"声标志着这段通话的结束。肖默城知道,他就算是再气愤,还是会去医院的。

"肖叔叔,是医院有事?"

看着站在窗边、捏着手机心事重重的肖默城，苏晚以为是医院有急事。

肖默城本想着应该怎么和她说起这件事，可想到她对秦眠春的态度，觉得还是不要说的好，闻言转过身来，眼里的慌乱一闪而过，随即将手机随意地丢到一旁："一点儿小事，但还是想明天一早就回去。"

在肖默城拿过她手上的毛巾，帮她擦头发的时候，她犹豫着问："那饭庄那边？"

"你明天和爸妈一起去饭庄，我下午过去接你。"

苏晚闷闷地应了一声，便没有再说过话。

苏晚有些嫉妒。大多数时候，她觉得肖默城全副身心都放在医院和患者身上，他们在他心里的地位，好像远远胜过她。

可她是他的妻子啊，未来需要相伴一生的人。

不过这些，苏晚也就只是在心里想想，肖叔叔可是她眼里最厉害的人啊，必然是需要舍小家为大家的。

电风扇"嗡嗡"的轰鸣声合着她略带苦涩的心，喧嚣了十多分钟。其实肖默城又不是第一次因为医院的事情爽约，只是不知道为什么这次会让她有些失落。

躺在床上的苏晚百无聊赖地玩着手机，班级群里面，大家都在讨论毕业照怎么拍，那天的散伙饭应该怎么弄。

苏晚很少插手班级的事情，一向是听从指挥，自然也没有在里面发表什么意见。反倒是阮季，问她十多天后的毕业典礼，需不需要自己陪。

想着阮季现在挺着的大肚子，舅妈和谭梓陌恨不得不离身地跟着，这种时候，让阮季去参加人挤人的毕业典礼，她哥非把她剥层皮不可。

为了自己的生命安全，苏晚本能地拒绝了阮季的提议，刚回复完，肖默城就一身清爽地从门外走过来。

他慢悠悠地挤进被窝，习惯性地将苏晚捞到自己怀里，不知道是因为小时候苏晚总喜欢和自己挤一张床，抑或是别的原因，抱着苏晚的感觉熟悉而又安心。

"肖叔叔，我现在有点儿不开心，你心里装的事情太多了。"

苏晚忽然转过头来，直愣愣地看着他，像是为了证明她这句话的真实性，明明还透着青涩的脸也被刻意地板了起来。

"抱歉，我……"

就在他犹豫着要不要说出真实缘由的时候，苏晚又说道："肖叔叔，这种时候你应该哄我，而不是在那儿绞尽脑汁地想怎么解释。"

"那我应该怎么说？"

"你就说，这里有个单独的地方留给我就好了。"苏晚伸出手，戳着他胸口的地方。

闻言，肖默城将她那只乱动的手握在掌心，胸口的某个地方好像因为这句话而变得雀跃了起来。

他浅浅地在她额头一吻，轻轻地捏了一下她的鼻子："和你结婚难道还不能证明这件事吗？"

苏晚淡淡地笑着，这好像是肖默城自结婚以来，第一次对她做这么多让她面红心跳的事。她和肖默城之间好像真的在朝着她期待的方向发展。

08

次日，天还蒙蒙亮的时候，肖默城就已经离开了觅江，即便他已经放轻动作，可苏晚还是醒了。她迷糊地费力睁着眼睛看着肖默城穿戴好衣服。

"没刷牙。"刚准备在她唇上轻轻一吻，却被她板着脸躲过，肖默城无奈地笑了笑，没办法，最后只好将唇落在了她的额头。

出门前，肖默城正好撞到已经在楼下准备早餐的苏母，遂礼貌地过去打了声招呼。

事情在昨晚就解释过了，既然是工作他们当然也不会反对，甚至体贴地说如果下午太忙的话就不用再赶过来了，可以让苏父把苏晚送回去。

肖默城自然不同意，苏父忙着饭庄的事情，这两天都是难得挤出来的时间，再让他帮忙送苏晚，只会增加他的工作量。

见他坚持，苏父也就不好再说什么。

知道苏晚已经被肖默城惯坏，苏母也不着急喊她，只是眼见着早餐就要凉了，没法子，苏母只好上去敲门。

睡得正香的苏晚懒懒地呢喃了一声，不情不愿地爬起来，头发蓬松也不去管，拖沓着往一旁的洗手间走去。

平时一进去肖默城就已经帮她挤好牙膏，放好水了，今天突然一下什么都没有，莫名有一瞬间的不适应。

坐在饭桌上的时候，苏母一个劲儿地说她被肖默城惯坏了。

苏晚想了想：被惯坏了吗？好像是有点儿，不过谁叫她家肖叔叔这么体贴人呢。

林庭深发现，自从他从大首都来到这破地方之后，就处处受欺负，明明拥有着专家的地位和身份，却要听从肖默城的指使。

从昨晚大半夜跑来医院替他做好人，到现在千里迢迢跑去帮他接老婆，就算是同学一场，也没有必要到做牛做马的地步吧。

本来没事的肖默城，到了医院后，自然而然地也就揽下了阮季手上的几个患者。阮季现在可是身怀"宝藏"的人，总还是要特殊照顾的。

林庭深想着就去觅江接一下苏晚，也不是什么难事，又有肖默城允诺的晚餐，就应了下来。

只是……

看着苏晚旁边堆起的如小山似的纸箱，他后悔了，合着他是来当搬运工的？

因为肖默城提前打过电话，苏晚也不介意，反正只要来个人接自己就可以了，总不能让她扛着这些东西回去吧。

"林学长，你就不能动作轻点儿吗？它们可不是你的患者，有救助的机会，它们死了就是彻底地死了。"

在林庭深不耐烦地端起一箱杨梅的时候，苏晚站在一旁张牙舞爪，厉声教育着，生怕他一个不小心把这一箱都给毁了。这可是她亲自爬到树上千辛万苦地摘回来的呢。

林庭深目光一冷，瞪着她："那你自己来，废话这么多，小心肖默城不要你。"

"没想到你居然这么恶毒，简直像个泼妇。"

"你再说一句，我保证把你丢到这里，让你自己回去。"林庭深简直被这小丫头给气疯了，但手上的动作却还是轻了几分。

苏晚也不再发表言论，她还真不想从这里先坐车回觅江城区，再从觅江坐回 C 市，太麻烦了。

此后的一路，她都乖乖地没有再说过一句话，嘴闭得严严实实的，真害怕一张嘴就又和他怼起来。

等车子到了 C 市，苏晚就开始指挥着他先去从肖家，最后还去谭梓陌家转了一圈。

当时阮季正好在楼下散步，肖默城一回来，她也就提前下班了。见楼下停着辆陌生的车，她正打算走过去好好瞧瞧，就发现苏晚从车上走下来。

"阮阮嫂子，我不过是回家两天，你就不认识我了？"见阮季盯着自己一动不动，苏晚率先开口道。

"你去抢钱了？"阮季指着车慢悠悠地说。

苏晚这才反应过来，前面一段时间林庭深都住在医院安排的酒店，这两天刚搬出来，他在首都开的车刚好这两天托运过来。他刚开没多久，阮季自然不认识。

"是林学长的车，我哪有闲钱浪费在这个上面。"

阮季白了她一眼："那是你自己不让你爸给你买车，怪不得别人。"

"有车了就不能和肖叔叔挤在一起，我又不笨。"苏晚得意的样子让阮季无奈，他们家的人还真是一个性子。

让他们把杨梅送上去，阮季也没有挽留他们吃饭，反正人家有肖叔叔，应该看不上他们家这小门小户的。

今日一早，肖默城开车直接去了医院。昨天晚上，林庭深就发短信告诉了他，秦眠春已经没了大碍，只是需要在医院休息几天，可他觉得还是应该过去看看。

倒不是因为怕秦眠春觉得他在刻意地避开她，而是秦眠春的病情没有几个人知道，连秦母，秦眠春也希望他能够瞒着。

因为声带出现问题，在国外电台主播的工作根本就不能够继续下去，正好国内一家时尚杂志请她过来当编辑，她这才决定回国。

不过这些肖默城一下也不能和苏晚说明白，他也担心到时候苏晚又在心里胡思乱想弄得自己不开心。

正好碰上阮季主刀的一个小手术，想起她现在是个孕妇，就顺道进去帮她，反倒没在秦眠春那里停留多久。

09

来回在C市整个转了一个大圈后，在苏晚的指挥下，两人终于将车停在了公寓楼下。

这是肖默城工作后买的房子，本来肖家问两人要不要再买一处房子作为新房，但苏晚想着反正也就他们两个人住，加上这边也住了那么久，就没换地方。

这是林庭深第一次来。

肖默城做完手术就回到了家里，既然林庭深要过来，作为主人自然要提前准备，哪怕对方并不在乎这些俗礼。

电梯刚到那一层，林庭深就已经鼻尖地闻到了香味，冲着苏晚得意地说："你肖叔叔这次是大展厨艺想要笼络我的心，有没有吃醋？"

"他只是不想做得太寒碜，免得被你知道他看不起你。"

"你到底是什么时候跟肖默城学的这些，刻薄得哪有半点儿女孩子的样子。"林庭深嫌弃地评价着。

"你话这么多，会找不到女朋友的。"

两人还打算吵的，但在房间听到声响的肖默城已经替他们打开了门，接过她手上的杨梅之后，看着她乱糟糟的头发，柔声问："自己摘的？"

"嘿嘿，肖叔叔永远火眼金睛。"苏晚讨好地笑了笑，换好鞋一蹦一跳地溜进厨房，在里面喊道，"肖叔叔，你快拿过来，我洗一点儿杨梅招待辛苦了一下午的司机。"

"全部都是你摘的？"知道她应该已经顺路将杨梅都送过去了，肖默城伸手将她落下的几缕发丝绾到耳后，见她点了点头，便问，"饭庄那边不是请了一些阿姨吗？"语气里有些责备的意思，饭庄的杨梅已经种了有些年头，加上前段时间一直在下雨，果子又都长在高处，想想他都觉得害怕。

"阿姨们还比不上我，就让她们帮我在底下装杨梅去了。你要是觉得我辛苦，那你今晚就多做点儿好吃的。"

潺潺的水声，加上难得的阳光洒在苏晚傻笑着的脸上，一切都应该是刚刚好，如果没有已经出现在厨房门口，问他们家电视怎么开的林庭深的话。

"咳咳，电视怎么开？"林庭深装作没看见他们的样子，

"还有，我一个小孩子，不能看不能听到太多了，你们难道就不能收敛一点儿？"

肖默城无奈地笑了笑，没有再讨论这件事，只是心里暗暗想，这种事情一定不能有下次。想到苏晚可能躺在病床上，他就觉得害怕，与其在这里后怕，就应该将这种事情在源头上杜绝。

苏晚可没有他这么好打发，冲着林庭深努了努嘴："你这是嫉妒。"

"是啊，我嫉妒肖默城怎么这么没眼光，找了你这么个要身材没身材，要脸蛋没脸蛋的小屁孩儿。"

"肖叔叔，他人身攻击我。"

肖默城无奈，这两人真是一见面就吵，好像自出生起就结下了什么深仇大恨，他只得将林庭深赶出去，冲着里面的苏晚道："有的人吃不到，就让他发发牢骚，不然他会对生活失去信心的。"

苏晚满意地继续洗杨梅，听着外面林庭深控诉肖默城重色轻友，而肖默城一本正经地说他对男人没兴趣，所以算不上重色轻家。

林庭深也是委屈，自己好好的一个男人，怎么到他们嘴里就变得那么……喂，他不喜欢男的。

到底都是熟识的人，一顿饭吃得很轻松，倒是肖默城的细心让林庭深有些吃惊。他对小丫头的宠爱，完全不像是几年前的样子，那种发自内心地想要去照顾一个人的样子，和只是对小孩子的无可奈何是不一样的。

饭后，苏晚主动去洗碗，肖默城和林庭深站在阳台，各点了一根烟。

两人的烟瘾相比大学时已经小了很多，但偶尔还是抽点儿，用林庭深的话说，两个大男人站在那儿什么都不做地说话，总是有点儿奇怪。

"是不是应该兑现当初的赌注了？"林庭深朝苏晚的方向看了看，又意味深长地看着肖默城。

"我不知道你现在居然还在乎那点儿小利？"肖默城不介意地将烟灰弹到了一旁的绿植土里，满脸的嫌弃。

林庭深浅笑着："赌注都是小事，主要是想让你知道愿赌服输。"

愿赌服输？肖默城看了看认真洗着碗的苏晚，忽然发现，好像除了他所有人都断定他会和苏晚在一起，包括从不乱说别的事情的小师妹。

林庭深和苏晚第一次见面的当天，肖默城将苏晚送回去后，又觉得过意不去，就特意请林庭深吃了麻辣烫，在学校后面的小吃街。

满满一碗的麻辣烫让肖默城以为这小子有半个月没有吃

过东西,想起下午没来得及解释的事情,说道:"小晚从小就这样,并没有什么恶意,你也不要介意。"

"你喜欢她?"林庭深难得地从麻辣烫里抬起头来,说了一句险些让肖默城呛死的话。

肖默城轻咳了两声,像是在掩盖被他吓到的情绪,淡淡地说:"她只是一个从小玩到大的小妹妹。"

"是吗?"林庭深想起下午那个丫头,还有肖默城的态度,不免轻笑出来。"早晚会喜欢上的小妹妹,不然我们打赌,输了的叫对方老大,顺便请一个月的中饭。"

"你会输的。"

那时候的肖默城根本没有想到自己真的会和苏晚有什么,他以为她那不过是小孩子忽然兴起的决定,等长大了自然就忘记这些事情了。

"那你还不如先准备好午餐钱。"

……

看来自己还真应了林庭深的话,不过这一切并不让他觉得羞愧或者丢脸,反而有种宿命应该如此的感觉。

林庭深临走时,苏晚正坐在沙发上看电视,他既然是来找肖默城的,她没必要刻意插入两人之间。

林庭深走到门口,才冲坐在沙发上的苏晚打了个招呼:"丫头,叔叔还会再来的。"

"那你可要提前报备，免得看到什么不该看的。"苏晚讪笑着调侃。

林庭深也不介意，一笑了之，冲着肖默城说："有些事情，该做不该做，该讲不该讲，你应该想清楚了。"

肖默城看了眼看电视的苏晚，瞪了林庭深一眼："你再这样啰唆，就乖乖回去吃医院食堂。"

他当然知道有很多事情都需要说，可是，现在事情还没有彻底解决，他找不到一个合适的时间告诉苏晚。他不想苏晚胡思乱想，更不愿意她为自己操心。

/第三章
山有扶苏，隰有荷华

01

周一上班，苏晚特意提前打电话通知林庭深早点儿过来，毕竟他车后备厢还有一箱杨梅是特意留给医院同事的。

医院的同事向来喜欢凑热闹，知道的都过来拿几颗走。虽说和李怀儒的关系也就那样，可苏晚想了想，还是去问了。

"李医生，我从老家带了点儿杨梅过来，你要不要……"

"谢谢，我并不喜欢。"还不等她将话说完，李怀儒已经打断了她的话，说话的过程中连头都不抬一下。

苏晚尴尬地撇了撇嘴，心想：自己一定是脑子抽了，才会来问他。

"那打扰李医生了。"苏晚说完转身就朝门口走去，完全不想在这办公室多待一秒。这世上怎么有比肖叔叔还闷的人，简直就是块木头。

可就在她临近门口的时候，身后忽然传出声音："我没有记错的话，我才来上班不到一个月，不算轮休，你一共请假八天，三天事假，五天病假，上班时间勉强才凑够了半个月。"

"那个，我……"

"只是想告诉你，因为你，更多的同事在加班，严重影响了整个科室的工作。"

苏晚愣在那儿不知道应该怎么接这些话，这个月确实算她的多事之秋，可说这影响到他的工作，好像有些说不过去吧。一个医院特聘的专家，难道不应该要什么护士就给他配什么护士吗？为什么非揪着她不放？

看着对方连头都不曾抬一下，苏晚想起那些天天被拉着手术加班的日子，只好先认错："李医生，我保证这种事情不会发生第二次，以后一定好好努力工作，为国为党为人民服务。"

"周末加班。"李怀儒这才从一堆资料中抬起头，正眼看着苏晚，面无表情。

苏晚哪里敢说一个不字，点头答应，灰溜溜地从他办公室溜走，她在心里发誓以后如果不是他请她，绝不踏进这里半步。

在下午手术之前，苏晚接到肖母的电话，让他们以后每天下班后回北城那边去。当时苏晚正好在忙,就说听肖默城的,自己跟着就行了。

后来得了空,苏晚一去肖默城那儿一问才知道,肖母的意思是,让两人去那边调理身子,以便随时怀孕。

"肖叔叔,你不会答应了吧?"问这话的时候,苏晚盯着肖默城。如果说更多的是惊讶肖母居然主动将这个事情提上日程,那么她心里还是有一点点期盼,想知道肖默城是什么态度的。

虽然结婚的时候,肖默城就已经明确表示,她还太小,不会准备马上就要小孩儿。可这并不表示她不想知道肖默城这么说,到底是顾及她年纪小,还是根本就不打算要。

"妈说你已经同意,我就顺着你的意思应了。"肖默城淡定地点着头,"你要是还不想要孩子,我现在就去回绝了。"

肖母都这么热情了,现在还能怎么样,难不成真的要去打击长辈的积极性,这样总觉得有些不孝顺。眼看着肖默城就要打电话回去,苏晚赶紧伸手拦住。

"算了,还是配合一下,免得到时候妈连着我一块儿念叨。"苏晚吐着舌头,俏皮地笑着。

肖默城摸了摸她的头发,倒是没有接下来的动作,也不再多说什么。

下午,在肖母每隔五分钟一次电话的催促之下,两人只能收拾东西准时下班去北城。肖母到底是长了自己母亲十几岁的人，只要站在那儿不说话都觉得有威慑力在，但是从小不怕大人的苏晚对她更多的是尊敬。

林庭深在下班之前控诉苏晚居然没有给辛勤劳动的他半点儿补偿。

还不等她开口，话就已经被肖默城接了去："难道我请你吃的那些还不够，连我岳父家的东西也要肖想？"

林庭深只好板着脸，骂了肖默城一句"小气"，逗了一下苏晚，便下班回家了。

肖母好像是来真的。瞅着饭桌上的碗筷，苏晚不禁想，自己婆婆这是从哪个养身菜馆搬来这些东西的，整个一桌招牌菜啊。

幸好她已经在肖家混了十几年，若是刚来肖家的小媳妇，指不定会被这阵势给吓回去。

"这可是我让你爸熬了一下午的，里面那些药材也是在附近那家老中药店买的，都是对身体好的，等下都要吃完。"他们一坐下，肖母就开始热情地介绍着，让苏晚有种到了某个很久没见着客人的饭店的错觉。

两人对视一眼，用眼神安慰了一下对方，然后保持浅笑并不回嘴。就肖母的性子，回嘴只会让以后的日子更难熬。

等肖母说够了，两人才被正式邀请动筷。

苏晚趁着肖母不注意悄悄问肖默城："肖叔叔，我现在后悔可以吗？"

"刀架在脖子上再说想活，你觉得呢？"

苏晚只得长叹一声，看了看肖默城，好像他也帮不了自己，看来只能自求多福了。早知道肖母是用一堆叫不出名字的中药混在一起给她炖一大碗排骨，她就应该在一开始回绝，这样吃下去，不出一个星期体重就会突破天际的吧。

"吃完就回去，我家不方便收留你们。"吃到一半的时候，肖母淡然地吩咐着，应该说是命令，完全是文工团领导教育小一辈的姿态。

"妈，那饭……"苏晚一脸无辜地看着肖母。

"你那个比饭好吃。"肖母和蔼地对苏晚说，就像是在哄一个不懂事的小孩儿。

苏晚郁闷，看来是没有办法了，再看从头到尾都没有说过一句话的肖默城，也在认命地开吃。

前几天，苏晚还算是能够接受。可是到了第四天，苏晚就吃得有点儿想吐了，坐在车上可怜兮兮地望着肖默城："肖叔叔，你能帮我说我今天值夜班吗？"

肖默城被她的模样给逗乐了："排班表我妈早就从医院打听到了。"

"那就没有别的方法吗？"苏晚颓废地往椅背上一靠，一脸的生无可恋，忽然像是想起什么，"就说我们工作太累，来回两家跑也辛苦，不行就说我怀孕了？"

肖默城听着她的话，伸手捏了捏她的鼻子，浅笑着："今晚我们直接回家，再这么补下去，担心你精力过剩睡不着。"

"肖叔叔万岁。"如果不是因为他现在在开车，苏晚说不定会一下扑到他怀里，抱一抱这么伟大的肖默城。

02

秦眠春只在医院住了两天就出院了，晕倒只是因为劳累过度，不过嗓子里的东西，早晚还是个大毛病。

当天苏晚一天的手术，所以并不知道肖默城去看过秦眠春，何况科室之间隔的距离又远，大家又都在忙，谁还有空管别人。

肖默城有个手术，他只是安排秦眠春上出租车，便转身离开。作为医生，对于病人的情况多少还是能够有把握的。

临近周末，李怀儒特意在下班之前提醒苏晚，星期天七点准时到医院门口等他。

苏晚平时上班也不会太晚，可是李怀儒约定的这个时间整整比她上班的时间早了一个钟头，看来，他并没有打算放过自己。

虽然心里很不愿意在难得的周末早起，可是她似乎并没有反抗的权利。

肖默城见她周末起得这么早，不免有些疑惑："今天不上班，起这么早干什么？"

　　苏晚一边找着衣服，一边解释："加班，你也知道我们科室新来的那尊大佛，恨不得二十四小时都活在在工作中。"

　　"要我送你吗？"

　　"不用了，我打车过去，别以为我不知道你昨天在书房忙到半夜。"

　　见她这么坚持，肖默城也就没好再说什么，只是提醒她记得吃早餐。

　　近日来明明已经放晴的天空，今天好像阴了下来，天被压得很低，幸好一早出门的时候多加了一件外套，倒也没有多冷。

　　到达医院门口的时候，离七点还有一段时间，苏晚正想着还可以去吃个早饭，却看见一辆黑色汽车的车门忽然打开，拦住了她的路。

　　"上车。"声音冷冷的，如果不是一下就听出了那人就是李怀儒，她还以为自己在医院门口都能被绑架呢。

　　"李医生不觉得这样吓人很不道德吗？"苏晚不甘示弱地在外面站着，既然都到医院了，还让她上车做什么？

　　李怀儒淡定地说："那我在这里给苏护士道歉。"末了又补充道，"如果等下因为你一直站在这里当地标而导致我们迟到的话,后果自负。"

"难道不应该是你自己不肯下车造成的吗?"

"没时间跟你废话,我们还要赶去北城敬老院。"李怀儒没好气地说着。

赶去北城敬老院?那叫她来这里干什么,难道不应该叫她一起去敬老院集合比较恰当吗?何况她刚从那个方向赶过来。

"那你叫我来这里干什么?"苏晚愤愤地坐进去,内心烦闷,心里暗示着自己,他就是故意来找自己碴儿的。

"既然是工作上的事,在医院门口见面没有什么不妥。难不成还想让我去接你?"李怀儒一本正经地解释。

苏晚知道自己纵使有千百个理由,却也是说不过他了,还不如选择闭口不言,免得他又找出什么理由来反驳自己。

过了好一会儿,苏晚发现李怀儒好像没有要发动车子的打算,脾气不好地问:"不是赶时间吗?"

李怀儒纠结了半天,终于走下车,敲了敲苏晚那边的车门:"下车,去那边。"

苏晚脸上写满了莫名其妙,等坐在驾驶座上,才幡然醒悟:李怀儒不认路。难怪不让她直接去福利院。

这个梗一直让苏晚笑话了他一路。

苏晚忽然发现,李怀儒也并没有以前那么凶了。

北城敬老院是一个综合型的敬老院。

　　北城本来就是老城区，老人居多，加上敬老院的服务态度都还可以，所以就有不少人选择来这里养老。

　　敬老院那边好像并不知道李怀儒的身份。不过是因为养老院这几个周末推迟了替老人做体检的活动，正好缺人手，李怀儒就闻讯过来了。

　　这次的主要活动对象并不局限于敬老院的老人，北城区的中老年人都可参与，体检的目的是起到一个预防疾病的效果。

　　苏晚倒是难得看见李怀儒有这么温柔没有棱角的时候，平时的他恨不得长出一身的刺来，逮谁扎谁。

　　可能是见他今天不那么凶，苏晚的话也跟着多了起来，就半开着玩笑说："李医生今天这样倒真像救死扶伤的白衣天使。"

　　"我从小跟着爷爷奶奶生活，你这样说我就不得不怀疑，我之前对你是不是做过什么伤天害理的事情，让你有这样的误解。"李怀儒虽然白了一眼她，却还是难得地解释了一番。

　　苏晚配合地笑着："李医生真会说笑，你这么优秀，大家崇拜你还来不及呢，怎么敢有别的怨言？"

　　李怀儒也没有就这个事情一直说下去，宣传早在之前就发出去了，来的人也挺多的，大概是这段时间一直阴雨绵绵，不少老人的风湿病都冒了出来。

苏晚惊讶地发现，李怀儒不仅在妇科方面的造诣很高，对这些老年人常有的病情了解得也颇多，随口就能说出一长串来，而她只有在旁边干看着的份儿。

03
所谓不是冤家不聚头，倒还是真的有些道理。

苏晚万万没有想到在这里会遇见秦眠春，她一眼就认出了秦眠春，以秦眠春的样貌，确实引人注目，显然，秦眠春也认出了她。

因为没有吃早餐，李怀儒特许她去旁边的粥铺喝点儿东西，与其说是关心她，倒不如说是不想给自己添麻烦，这一点苏晚很清楚。

苏晚心里闷闷地想着：要不是你大清早的把我叫过来，连问都不问一声我有没有吃早餐，我怎么会饿得恨不得将眼前的药都喝下去？

"小晚？好巧。"是秦眠春先打的招呼，甚至连问都不问苏晚的意愿，就自顾自地坐在了她对面。

"没想到居然在这里见到你，我刚来的时候默城还说你会一起来接我，结果你当时还在生病，竟害得我白白期待了许久。"

略带沙哑的嗓音让苏晚一愣，就算是这么多年没见，她也还记得，秦眠春以前可是被老师夸声音像百灵鸟呢。

"上次我在感冒。"她回答得很简单，只是吃东西的动作快了几分，恨不得立刻吃完马上就走。

这家粥店是北城的老店，如果不是过了饭点，根本找不到位置，若是预先知道会遇见秦眠春，她想她宁愿蹲在李怀儒旁边挨着饿，也不愿意坐在这里。

她并不喜欢和秦眠春面对面坐着，从小肖默城教育她的时候就说你怎么不向眠春学学，疯得像个男孩子一样。那时候她还小，并不在乎这些，渐渐地她才发现，肖默城对秦眠春总是比对旁人多几分耐心，耐心到让她嫉妒。

相比之下，秦眠春比她大方得多，坐在她对面一脸的气定神闲，像是在和一个很久没见面的好朋友说话似的，慢慢地喝着面前的粥。

"还真没想到默城竟然真的和你在一起了。"大概是见苏晚快吃完了，她才慢悠悠地开口，熟络得好像两人相交甚深。

这样的情况下，这样的对话，听到苏晚耳里总觉得哪里怪怪的。过了好一会儿，她才抬起头，面无表情地说："我以为你会问他为什么会娶我。"

秦眠春倒是没有介意，笑着给自己找了一个台阶："你还是像小时候一样可爱。"

"还有别的事情吗？"

苏晚并不打算在这里和她进行没有意义的交流，其实更多的是害怕从她嘴里听到任何关于肖默城的事情。

可秦眠春没有给她这个机会。

"小晚,那天我突然晕倒,默城这才匆忙地赶回医院。你也知道我刚回这里,认识的人又不多,你应该不会怪他吧?"

那天……哪天?

苏晚本来已经迈出去的一只脚应声顿住,转过身盯着她,像是在确定自己刚才有没有听错。

匆忙离开,那就只有上周末了。在觅江的那个星期,两人明明约好去饭庄,最后他却提前离开。所以,肖默城那次回去不是因为工作,而是因为她!

见苏晚越来越不对劲儿的脸色,秦眠春有些担忧:"小晚,你没事吧?"

"没事,我还有事,就先走了。"苏晚摇了摇头,顺势拿起搁在椅子上的包,连撞翻水杯都不知道,急切地离开了粥铺。

不会的,肖叔叔明明说是因为工作回医院,这和秦眠春完全没有任何关系。肖叔叔那么厉害,周末加班也是常事。

可如秦眠春所说,肖默城确实回去了,而且是一早就回去的,甚至下午都是林庭深来接自己的,莫不是因为守在秦眠春的病床旁没空?

苏晚不敢让自己再继续想下去,匆忙地回到李怀儒那边,尽量让自己忙起来，没有空想这些。

自苏晚回来，李怀儒就发现了她很奇怪，尤其是现在，不过是叫她去测个血压，可是她却……

看着在那儿弄了十几分钟还没有弄好的东西，李怀儒只好打断："苏护士，如果你觉得今天让你来这里是委屈你了，你可以直接说出来。"

苏晚这才注意到自己竟然忘记看血压的数字，只得回过神来，忙道着歉地把后面的事情做完。

04

一直忙到下午两点，连中饭的时间都没有挤出来，苏晚中途去吃过东西，倒没觉得饿。来的时候是苏晚开着李怀儒的车来的，回去的时候，是李怀儒开车。在经过一间家常菜馆时，他自作主张地停了下来。

"下车。"

苏晚不解地看向他，这里离她家还有好一段距离，难道是嫌自己烦所以率先将自己赶下去？

"吃饭，你要是不想吃，可以在车上等着。"李怀儒说完就迈下了车。苏晚看着他的样子，只能快步跟上，心想着他就是一个怪人。

其实苏晚根本不饿，也可以说是没有胃口、吃不下东西。肖默城没有和她说过的那些事，却从另外一个人嘴里听到，并且那个人还是秦眠春。

"我忽然晕倒,默城才匆忙赶回来……"她脑袋里还回荡着这句话,一声又一声地重复着,让人根本没办法静下来。

"李医生,如果我说吃不下,能不能先走?"话虽是这么问,但是苏晚已经先一步拿起了自己的包,站起身来。

李怀儒也没有阻拦,从她吃完早饭回来开始,他就觉得她不对劲儿。

他忍不住问:"你自己一个人能回去?"

苏晚点了点头,可她的动作看在李怀儒眼里就是逞强,但他到底没有戳破她。只是她一走,他也没有吃了,结了账开着车跟在她后面。

从饭店出来的时候,天开始下雨,缠缠绵绵的,像是下不完似的,苏晚并没有打伞,像是并没有感觉到这场雨。

李怀儒看着她打了个电话之后在街边等了好一会儿,又看着她上了出租车,最后,看着她进了小区,这才放心地离开。

从饭店离开后的苏晚想了很久,最终给林庭深打了个电话,她不想在这儿胡思乱想下去,林庭深是她唯一能够想到的知道这件事情的人。

电话接通的那一刻,她急切到没有给林庭深开口的机会。

"上周末……"话还没有说完,她就后悔了,过了好久才挤出两个字,"谢谢。"

或许她可以直接一点儿，问肖默城周末为什么回医院，问他知道肖默城周末回医院做什么，或者，问他肖默城是因为秦眠春才匆匆回来的吗……但是最终却都变成了一句谢谢，她不敢问出口，她害怕自己戳破之后，就连圆回去的机会都没有了。

林庭深不知道她为什么会这么说，却还是配合地回着："还学会讲礼貌了，只是反射弧长度有点儿不敢恭维。"

"那我收回我刚刚的话。"

没和林庭深说几句，苏晚就挂了电话，最终她也没有问关于肖默城、关于秦眠春的任何事情。

挂了电话，苏晚上了路旁的一辆出租车，司机像是见惯了这种不带伞的乘客，虽然不是很乐意，却还是问了句去哪儿。

去哪儿？苏晚愣了好一会儿，如果她现在回去，她一定会控制不住什么都说出来。到时候肖默城会解释、会哄她，最后又弄得好像是她在那儿胡闹。

"先随便转转吧。"

司机倒是没有多问什么，径自开着，大概围着C市绕了大半个圈后，苏晚才让司机将车开了回去。

在楼下站了好一会儿，苏晚才抬脚上楼。

肖默城正在厨房做饭，看见苏晚回来，立即出来，发现她浑身湿透,唇色发白,本来扬着笑的脸瞬间垮了下来:"怎么搞的,早上没有带伞出门?"

"忘记了。"苏晚弱弱地回答。

"赶紧去洗个澡,我给你熬点儿姜茶。"

看着肖默城板着的脸,苏晚没有再多说什么,朝浴室走去,虽然天气已经回暖,可是淋场雨还是照样觉得寒意袭来。

瞬间被温暖围住的感觉让苏晚回过神来,那天肖默城回来后是顶了阮季的班,就算是去看过秦眠春应该也不会很久。这样一想,她心里好像舒坦了不少。

既然肖叔叔没有开口说,又不是什么出格的事情,没必要这么计较的。苏晚自我安慰着,至少现在待在肖默城身边的人是她。

05

相比较于生气、难过,苏晚心里更多的是害怕,她见过肖默城对秦眠春的好,那种体贴呵护,不忍心让秦眠春磕着碰着,恨不得将秦眠春捧在手心上。所以即便没有亲眼见着,她脑中也能瞬间浮现他们相处的情形来,才会在知道肖默城是因为秦眠春而离开之后那般失魂落魄。

饭桌上,苏晚一言不发地吃着东西,有些事情堵在心里的时候,会食不下咽,可是事情一旦过去了,就会饿得发慌,身体比意识诚实。

肖默城难得地没有在吃完饭后直接去书房，反而是直接挤上了床。

苏晚看着从他书架上翻出来的外国小说，因为记不住人名，看了半天还在前几页打转。

他半靠在床头，伸手将苏晚捞进怀里。在他怀里的她立即合上那本装帧精美的小说，仰起头认真地说："肖叔叔，我不喜欢秦眠春。"

肖默城愣了一下，才缓缓地说："这说的又是哪一出，她惹到你了？"

"每次就只会板着脸教训我，肖叔叔，我是你的女儿吗？"苏晚不服气。

"比女儿还会折腾。"肖默城有些无奈。这小丫头总是想一出是一出，想法跳跃得让他不知道应该怎么接话。

"只是告诉你，没有让你回答。"苏晚没好气地别过身去，她家肖叔叔就是一块木头，敲都敲不聪明。

肖默城只好叹了口气，从后面将她抱在怀里。

林庭深难得来一次妇产科，一来就直接把李医生钦点的小护士给拎出了值班室。

苏晚当时正准备去病房看看前些天做完手术的几个产妇，忽然一个影子直接晃到她眼前，还没来得及开口，人就已经被扯到了走廊尽头。

苏晚没好气地整理了一下自己被扯皱的衣服："林庭深，你是不是有病？"

"你昨天到底想知道什么？"

"昨天不是已经说清楚了吗？你这样真像个被抛弃的小姑娘。"苏晚白了他一眼，没好气地说着。她能说什么，肖默城那副坦坦荡荡的样子，真让她没办法发起火来。

"你是不是从哪里听到了什么？"

林庭深探究地盯着她，恨不得将她盯出一个洞来。

既然那件事，她现在不想知道了，那就不想再从任何人口中知道。

苏晚转身想走，林庭深哪肯啊，一把抓住她的胳膊，强硬地说："有事情就要说出来，闷在心里不是小丫头的样子。"

"按辈分，我比你大。"

林庭深冷哼一声没说话，连小丫头都学会藏心事了，这个世界就不是那么好玩了。

"林学长，你就算是喜欢有夫之妇，那也不要找我。你看这儿里里外外都是认识的，纸终究包不住火。"苏晚一把甩开林庭深的手，她还有很多事要忙，没空和他在这儿拉拉扯扯。

望着她离开的方向，林庭深无所谓地耸了耸肩，小丫头胡说八道的功力倒是长进了不少。

苏晚刚回去，就有人通知说李医生喊她去一趟办公室。

苏晚这才想起自己周末那么没给他面子地直接从饭店离开，现在他不会是又想报复吧！

这样一想，苏晚就觉得后背一凉，总觉得四处冷飕飕的。

在所有值班同事的注视下，苏晚在心里替自己默哀着，然后硬着头皮过去。

她象征性地敲了敲门，示意里面的人自己来了。

李怀儒难得大方地从嘴里冒出一句请进。她认识李怀儒这么久，还是头一次被这么对待，有些惶恐。

"请问李医生有什么吩咐吗？"苏晚猫着腰一步步走进去，那样子好像前面是龙潭虎穴。

待苏晚走过去之后，李怀儒才从抽屉里拿出一个信封，信封上面还托着一杯药……

苏晚想他不会是要毒死自己吧，古代统治者都喜欢这招。

见苏晚半天没有动静，李怀儒只好再次提醒："周末加班的钱，还有板蓝根，喝点儿预防。"

李怀儒这是在关心她？

苏晚清楚，周末不过是一起去帮敬老院做事，这种活动一般都是自愿的，根本不会有工资，那这个钱应该是……苏晚看着他："李医生，药我可以喝，钱我就不要了。"

"跟你说是加班，那么加班费当然要给你。"李怀儒的态度很强硬，"这是 C 市的标准加班工资，没有多给你。"

苏晚挑了挑眉，看来这盛情之下不接受都不行，她只好伸手拿起桌上的东西，笑了笑："那就谢谢李医生了。"

她并不喜欢欠上一些不必要的人情，既然李怀儒也想划分清楚，她又何必矫情呢。

"怎么，大佛不会是对你生病这么多天也心怀不满吧？这次是几天的连续手术？"刚准备把药给喝了的苏晚就被赵倩吓了一跳，药直接被泼了一地。

苏晚无奈，看来李医生的好心不是所有人都可以受的。

常年在医院待着的人自然一闻就知道洒在地上的药是什么，赵倩惊讶地问："李医生给了这个？"

苏晚点了点头："李医生说，喝点儿强身健体，看来是要告诉我病不可以随便生。"

赵倩拍了拍她的肩，一脸委以重任的样子，不禁感慨："李医生这是想重点培养你，你一来，大家就觉得天空都变得晴朗了起来。"

苏晚轻笑一声，可不是嘛，她一来，李怀儒所有的手术基本上都是让她跟着。她们自然乐得清闲，谁愿意一天天绷着神经做手术啊。

"所以，你得把这里拖干净，等下阿姨过来铁定骂死你。"苏晚将一次性纸杯投进垃圾桶里，转身往值班室走去。

06

吃完午饭后,肖默城敲了敲阮季办公室的门,走进去之后,他随便找了个地方坐下,看了看她已经很明显的肚子,装作无意地问:"这个月底是不是就是预产期了?"

"没想到工作繁忙的肖师兄连这种小事情都能记得。"阮季也难得地和肖默城打趣。自从孩子月份大了之后,她已经很少进手术室了,很多手术都由肖默城帮忙接了去。

肖默城笑了笑,自顾自地引着话题:"你们女孩子什么时候会明知下雨却忘记自己包里有伞?"说完又觉得哪里不对,换而言之,"或者说,明知带了伞却不想撑。"

阮季诧异地盯着肖默城,心里想着这是自己的肖师兄吗?怎么总觉得哪里有些不对劲儿。半晌,她才皱着眉头说:"考差了、受打击了、失恋了、发现丈夫外遇了……应该都有可能吧,女孩子的想法很复杂的,当然,我不会这么做。"

苏晚淋雨回来那天,他在家里找了半天也没有找到苏晚的伞,最后才发现那把伞居然在她包里,也就是说,她根本就没有忘记带伞。

当时他就觉得有些奇怪,包括苏晚忽然冒出来的那句不喜欢秦眠春。可是最终她还是什么都没有问。

秦眠春是苏晚的禁忌,他自然不会故意提起,何况秦眠春的情况也不是三言两语可以解释清楚的。

见他老半天不说话，阮季更觉得奇怪了，好奇地问："怎么，苏晚大半夜去淋雨？这不像她的性子啊，还是说，你真的出轨了？"

"真是越来越像谭梓陌了，张口闭口的什么都说得出来。"肖默城回过神来，没好气地说。

阮季倒是不介意，得意地说："我这叫大胆猜测，小心求证。"

肖默城轻笑一声："好好照顾小徒弟，你上次的术前报告还没有交给我。"

见他准备离开，阮季嫌弃地摆着手："走吧走吧，少在这里增加我的工作量。"在他走到门口的时候，她又忽然开口，"你要是敢背着我家小姑出轨，我保证让谭梓陌打断你的腿。"

"谭梓陌没告诉你，从小到大他打架就没有赢过我吗？"

"那也要拼命争口气。"

肖默城看着她一副敲桌拍瓦的样子，无奈地摇了摇头，他们家的人永远有一股子傻气，现在连小师妹都被传染了。

办公室电话响起的时候，肖默城正好在看患者CT的照片，是主任的电话，让他去一趟办公室。

原来在这个月末有一个学术交流会，地点定在首都，届时会有各个领域的专家发言，因为去年下半年顾明的手术，肖默城也在邀请之列。

月末，肖默城想了想正好是苏晚毕业的日子。

之前他就已经答应她当天会去毕业典礼，可这样的交流会少则三四天，多则个把星期，过去了肯定是没办法立刻回来的。

见他半天不说话，主任又开口了："你上次让我联系的咽喉肿瘤专家这次也在，你正好可以过去打个招呼。"

"那谢谢主任了。"

肖默城想了想，还是没有拒绝。这些天他一直在联系咽喉方面的专家，C市并没有这方面的专家，所以只能求助别的城市的同行。起先他让林庭深联系过，不过对方正好这段时间都在国外学习，才转而让主任帮忙联系的。

秦眠春的病必须得早点儿治，拖得越久只会对她越不利。

/ 第四章
于以采蘩？于涧之中

01

随着梅雨的离开，天气也渐渐热了起来，不少同事已经商量着团购防晒霜。因为怀孕的原因，谭家人已经强行把阮季给绑回了家，只有少数时候，她才会来医院溜达几圈，去认识的医生的办公室里坐着喝杯水。

因为毕业的事情，已经在医院上班的苏晚，有时候免不了还是得回C大处理。医院本来就离学校没多远，基本上用不着请假，稍微喊人顶一下就打发了。

毕业典礼定在六月底，在那之前那些七七八八的材料基本上已经都交上去了。肖默城因为参加首都的学术交流会，也许不能参加她的毕业典礼。

苏晚虽然嘴上什么都没有说，但心里多少还是有些不舒服。

　　林庭深知道事情的始末之后，自然来了兴致，装出一脸惋惜的样子，凑到苏晚面前："丫头，我是你就把你家肖叔叔给休了。"

　　"别以为我会傻傻地把机会让给你。"苏晚眼睛瞪得大大的，气鼓鼓地说。

　　林庭深无所谓地耸了耸肩："你家肖叔叔给我我还不要呢，都老了。"

　　"你才老了呢。"

　　肖默城看着斗嘴的两个人，无奈地摇着头，明知道苏晚这几天都在因为这件事闹脾气，这个林庭深还要去逗她。

　　林庭深不屑地冷哼一声："那你肖叔叔也是跟着我一起去。"

　　"肖叔叔……"吵不过林庭深，苏晚只好转战到肖默城面前，一脸的委屈。

　　肖默城笑着摸了摸苏晚的头，安慰道："不用理他，他这是嫉妒。"

　　苏晚朝着林庭深扮了个鬼脸，嫉妒，其实她也嫉妒，嫉妒那些让肖默城牵挂的事情，嫉妒让他牵挂的那个人。

　　肖默城乘坐的那趟航班是早上六点飞首都的，他并没有让苏晚送。

虽然他已经尽量放轻动作，但苏晚还是醒了，躺在床上睁着眼睛看着他："肖叔叔，我毕业那天你会回来吗？"

肖默城笑了笑，走过来在苏晚脸上轻轻一吻："我尽量，那边的事情一忙完我就回来。"

"嗯，肖叔叔路上注意安全。"苏晚甜甜一笑，没有过多挽留。

肖默城摸了摸她的头，像是要说什么，最终却不过是点了点头。

一出门，肖默城就打了个电话。

对方接得很快，肖默城淡淡地开口："到机场了吗？"

"嗯，在机场了，我们这样过去，小晚不会介意吗？"

肖默城似乎并不想和她谈别的，却还是随口说道："不会的，你在那儿等我就好。"说完，他就挂了电话。

毕业典礼当天，天气很好，碧空万里，偶有微风，太阳灼得人有些晕乎乎的，让人恨不得躺在阳台上眯一个下午。

苏晚见过肖默城穿学士服的样子，当时他作为毕业生代表，站在上千人的礼堂最前方，说着早就准备好毫无新意的稿子。

苏晚特意请假过来，个子小小地站在礼堂的门口，憋着笑听肖默城念完全稿，后来取笑了他好久。

那时候，苏晚就说，以后一定要让肖默城看她穿学士服的样子，明明已经说了好些年的事情，却在这时候发生了意外。

在学校时，同寝室的室友见苏晚这样，也没有多问什么，大家都知道苏晚有个喜欢很久的人，只要一不开心，多半是和他有关系。

毕业照在昨天就已经拍了，晚上的时候苏晚给肖默城发了过去，但是肖默城好像在忙什么事情，一直到半夜才给她回消息。

挤在一群人的大礼堂里，苏晚待了一会儿就觉得分外无聊，正好这时候赵倩打电话过来，苏晚就找了个借口，出去接电话了。

"苏晚，你还好吗？"

苏晚觉得她这个问题有些莫名其妙，毕个业而已，还能发生什么意外不成。她象征性地看了看湛蓝的天空："让你失望了，我现在正呼吸着C大清新的空气，好得不得了。"

"那我还是不影响你的好心情吧。"

"有事就快说，不要浪费我时间，我还准备睡一觉呢。"苏晚觉得今天的赵倩有些奇怪，平时从来不见她给自己打电话，今天莫名其妙打电话就算了，说话还支支吾吾的。

兴许是气不过，赵倩憋了好一会儿，才义愤填膺地说："我看到肖医生了。"

苏晚刚想说看见肖默城有什么大不了的，可赵倩接下来的话却让她顿时失声。

"他身边还有一个很漂亮的女人,肖医生好像很关心她。"

很漂亮的女人在肖默城身边?苏晚脑子里霎时闪过秦眠春的影子,温婉地走在肖默城身边,她甚至能够想到肖默城体贴入微的样子。

"那天我晕倒,默城才匆忙赶回来的,你应该不介意吧……"秦眠春那天的话又一次在她耳边响起,她已经尽量让自己当作那不过是出于朋友间的照顾,可这一次又是因为什么?

"喂,苏晚,你没事吧?你听见我在说话吗?"

赵倩的话让她一个激灵,她下意识地摇了摇头,发现对方看不见后,才淡淡地说了句没事,也不管对方听没听到,就直接挂了电话。

早知道就算是在礼堂里睡觉,也不应该出来透气接这个电话。

赵倩的男朋友在首都工作,两人固定一个月见一次面,只是没想到这次会这么巧,和学术交流的时间撞在一起就算了,居然还看到这么一幕。

她怔怔地看着手机,想了好久,却还是没有将电话拨出去。

她害怕电话一接通她就忍不住去问,而答案可能是她没办法接受的。

苏晚想了想还是不进无聊的礼堂了,里面的人正说着每年重复一次的台词,那些透过窗户传出来的声音,还没有她肖叔叔说得好听呢。

她看了看礼堂里,密密麻麻的都是人,想着应该也没有什么事,就给室友发了条短信,让室友有事再来叫自己,就想着找个地方一个人待一会儿。

"苏护士,原来你请假过来是来这里看风景的?"

好不容易找到地方的她,凳子都还没坐热,就看见李怀儒正站在不远处。

换作平时,苏晚一定出口和他呛上几句,不过今天她没心情,便随口敷衍道:"李医生,中午好。"

她淡淡地看了他一眼,任由他在旁边坐下,不过她还是稍稍让开了点儿位置,至少不至于挤到他。

大概是见到苏晚一副谁都不想理的样子,李怀儒也没有开口,只是安静地坐在一旁,一言不发,最终还是苏晚自己憋不住开口。

"李医生觉得今天天气怎么样?"

李怀儒被她问得一怔,诧异地看向她,但又很快恢复正常,淡淡地说:"想要我怎么评价,久旱时喜大雨,梅雨时恋骄阳,有的人喜欢雨,有的人喜欢雪,有的人喜欢朗朗晴空。"

"看来我这个问题算是白问了。"苏晚苦笑着,提议道,"李医生,想不想喝奶茶?我请你。"

李怀儒没有拒绝，只是缓缓地开口："我想你现在应该更想喝酒。"

"那你请我？"

"走吧。"原以为李怀儒这种一本正经的人一定会拒绝，没想到他不仅没有拒绝，反而已经先她一步起身离开了。

本就只是随便说说的苏晚这下是骑虎难下，只得硬着头皮跟上去。

02

苏晚没想到 C 市居然还有这种地方，看上去像是一个再平常不过的咖啡厅，可里面出售的大多数饮品居然是酒。

没有昏暗灯光营造的暧昧气氛，没有刺激喧嚣的舞曲，反而有一种难得的舒畅。

她看着驾轻就熟的李怀儒，觉得这个世界好神奇。

"想不到李医生除了在专业领域上表现出色，连这方面都是专家啊。"

李怀儒怎么会听不出她言语里的嘲讽，却也不介意，随口解释道："一个同学开的。"

苏晚没好再说什么。

见李怀儒果真拿着酒过来，她才忽然意识到，就算两人已经算得上是很熟悉的工作伙伴，可是这孤男寡女待在一起喝酒，还是有哪里不对劲儿。

"李医生，"在李怀儒的注视下，苏晚把想说的话生生咽了下去，"没想到你居然还会喝酒。"

"在苏护士眼里，我应该会什么？"

"看书、画画？一般人不会做的那些事放在你身上都是合适的。"

"那恐怕要让苏护士失望了。"

"那我恐怕要见识一下李医生的酒量了。"

李怀儒给自己点了一杯茶，解释道："我开车，不陪你喝。"

苏晚自讨了个没趣，不过有一点李怀儒说得没错，她确实想要喝酒，至少将自己灌醉之后，可以暂时当那通电话只是一个梦，醒过来肖默城依旧是她的肖叔叔。

李怀儒也不拦着，任由她一直喝着。他果真就像他说的那样，因为开车滴酒未沾，只是就这样看着她，不说话、不劝解。

两个小时后，见苏晚已经喝得不能再喝了，李怀儒才劝着她，把酒都给放在了一边。她已经醉到连抢酒喝的力气都没了，由着李怀儒扶着站起来，她迷糊地朝门外走去，嘴里还碎碎念着。

喝醉的苏晚还真是什么话都敢说，一会儿说自己怎么喜欢肖默城，一会儿又说秦眠春有多讨厌，就连心里对李怀儒的不满也说了出来。

"李怀儒，我告诉你，你不要看不起我，你以为我是靠着肖叔叔的关系进来的吗？放屁，肖叔叔根本就没帮过我半点儿，一开始恨不得装作不认识我。结果，你却因为这个针对我！不过，你是不是很失望？原本以为我就是一个靠着男人的破花瓶，却没想到我居然潜力无限……"说这话的时候，她挣脱开李怀儒，歪歪扭扭地自己走着。

"我没有针对你。"李怀儒被她说得微微皱起眉头，看着她摇摇晃晃，心惊胆战地伸手扶了好几次，却都被她拂开。

苏晚不屑地冷哼一声，漫不经心地说："难不成……还是喜欢我啊？"

李怀儒被问得一惊，仿佛赤身站在阳光下，心里某个被藏起来很深的秘密被搬上了台面。

此时，他只觉得羞愧、害怕，甚至是紧张。

不过没等他回答，苏晚又自顾自地说："我已经结婚了，不过就算没结婚你也没机会，因为我爱的是肖叔叔啊。"

没错，他很清楚自己喜欢她，可有些事从一开始就注定是没有结局的，那就没必要说出来。

他很快恢复了平静，将她扶进车里，淡漠地说："我以为以苏护士对我的了解，应该能够想到我为什么会这么做的。"

"我怎么可能知道你在想什么？"苏晚躺在副驾驶座上，呢喃着几句，然后眼睛一闭，就不省人事了。

兴许是喝得太多，李怀儒一直喊了好几次都没将苏晚喊醒。就她现在这个样子，就算是知道她住在哪里，随便扔过去，他也是不放心的。

没办法，他只能将她带到自己住的地方。说到底，他还是有私心的，明知道她已为人妻，可还是管不住心地去喜欢她，想办法接近她，却又不敢表现得太明显。

在与赵倩通完电话得知肖默城因为那个原因不能参加苏晚的毕业典礼之后，他甚至来不及想别的，就直接来到了C大，在偌大的校园里毫无方向地找，然后再见到她的时候，又装作只是碰巧遇见她。

他没有谈过恋爱，更不知道怎么样去安慰女孩子，想到自己心烦时一般都会喝几杯，便提议去他常去的咖啡厅，只是没想到，苏晚会醉成这样。

苏晚醒过来的时候，已经是第二天早上，发现自己身处一个陌生的房间之后，她下意识地看了看衣服。

都在！

她这才放下心来，忍着头疼，光着脚往外走。一开门她就看见睡在沙发上的李怀儒睁开眼睛。

脑子瞬间闪过昨天的片段，她记得和李怀儒去喝酒，然后她喝醉了，接着……

想起自己的所作所为，苏晚恨不得找个地洞钻进去，却硬着头皮笑着说:"李医生,那个……"

"你昨天喝醉了,不知道你住哪儿,就只好把你带到我这儿。"李怀儒一本正经地解释。

"那我……"

"没有吐我一身,没有疯疯癫癫,还算正常。"

犹豫了一会儿,苏晚问出了最后一个问题:"那我们俩昨天有没有……"

"我没喝酒,不存在酒后乱情,我也不会在清醒的情况下,对一个不省人事的女人做什么。"

听到这儿,苏晚就放心了。想起她和肖默城的第一次,她还是有些担心的,喝醉后的她向来没规没矩,哪知道会做什么。

看着已经端坐在沙发上的李怀儒,又看了看他旁边摆着的小毯子,苏晚想了想,礼貌地说:"既然这样,那我就不再打扰李医生了,再见。"

"我开车送你。"说着,李怀儒作势站起来。

苏晚吓得连连拒绝:"不不,不用了,我自己打车回去,李医生你继续休息,昨天谢谢了。"说着,灰溜溜地找到自己的东西,逃也似的离开了。

李怀儒看到她这么慌张恨不得没有来过这里的样子,心里还是有些失落。

本想悄无声息地离开这里的苏晚,没想到在电梯处撞见了一个大美女,见对方盯着自己看,苏晚尽量装出一脸淡然的样子,迅速地钻进电梯里。

大清早的从一个单身男人的公寓出来,任谁都会去多想点儿什么吧。

03

从李怀儒家离开之后,苏晚没有直接回家,而是去了车站一趟,室友们是搭乘今天的高铁离开C市,幸好没有错过。

但她没有在外面停留多久,将室友们送上车之后,就立即回了家。

昨天她确实因为肖默城的事情很难过,但这并不表示她就必须要以这样或者那样的方式来报复肖默城。

何况喝过酒后她心情确实好了一些,这是李怀儒的功劳,至少现在她可以待在家里冷静地考虑一些事情。她不想在肖默城面前像个泼妇一样胡闹,也不想抓着他的一点点事情就妄下定论。

肖默城是周日下午到的家,和他同行的还有林庭深。

恰好在饭点,两人提前打了电话过来。

苏晚做了一大桌子菜,像往常一样和林庭深斗着嘴。

吃完饭,送走林庭深之后,肖默城主动洗好了碗,去冲了个澡,然后就将自己关在了书房。

换作平时,苏晚一定不觉得有什么,肖默城从来不干涉她的交友，她的兴趣爱好。而她也尊重他，可现在她才发现，两人之间的交流从一开始就少得可怜。

"肖叔叔，我有事和你说。"苏晚象征性地敲了敲门，就直接走了进去。

肖默城停下手中的笔，看着她，等待她接下来的话。

"我还是小孩子，对吗？"说着话的时候，苏晚看着肖默城的眼睛，认真且专注。

"在我眼里你一直就是个孩子。"

"那是不是不能对小孩子撒谎？"

肖默城下意识地皱起眉头，今天的苏晚有有些奇怪，准确地说，自从上一次她淋雨开始，就变得有些反常，好像藏了一肚子的心事，这不像她。

"想问什么就问吧。"

苏晚低头敛眸像是想了好一会儿，才缓缓抬头，问："你会不会丢下我？"

"说的什么话！"肖默城因为她的话瞬间板起脸，"我们都结婚了，你想让我怎么丢？还是你又想说出那些气话来？"

结婚了就不会丢了吗？这样的话她已经不是第一次听到了，苏晚不禁想，现在民政局每天除了忙着办理结婚，还会忙着办理离婚呢，一张破纸能够守住什么？

不久前她还得意，肖默城愿意惯着她，那是她命好。可现在想起来却又让她有些惊慌，肖默城对她好是出于责任感，可谁说一个人有必要非宠着谁呢？

"那你为什么没有回来参加我的毕业典礼，你明明说会尽量赶回来的。"苏晚的声音沉沉的，似很委屈。

说起这件事情，肖默城也觉得愧疚。可是当时给秦眠春联系的那个医生刚好有空，他只能在那边多待两天，陪着她去把相关的检查一并做了。但是这个事情，他并不想在苏晚面前提起。

"还有事情没有处理完，不然我一定赶回来。你穿学士服的样子那么漂亮，我当然想看着，不让任何人偷看了去，可你看我现在都还在忙着这一大堆事情呢。"

苏晚不满地撇了撇嘴："肖叔叔，我嫉妒了。"

"嫉妒？"

"对，很嫉妒。"苏晚指了指那一沓沓资料，"明明这么久没见，可是你居然看不见我，而是围着它们在转。"

肖默城失笑地看了看那些资料，好像是有这么回事。于是他收好那些资料，然后站起来，走过去轻刮了一下苏晚的鼻子："绕这么大一个圈说事情累不累？"

苏晚咬着唇笑了笑："有点儿。"

小别胜新婚形容这个时候再适合不过。

两具默契的身体在这时候已经谈不上探索或者求知，一切的动作都像是事先早就练习过很多遍。

　　苏晚嘴里轻溢出来的呢喃声，给予了肖默城最大的鼓励。

　　枕在肖默城臂弯里的人明明已经很累了，却还是强撑着不让眼睛闭上。

　　她定定地看着肖默城。

　　"肖叔叔，我们要个孩子吧。"苏晚忽然开口。

　　"要孩子？"肖默城像是在确定自己有没有听错，虽然说自己母亲一直催着他们生孩子，可是他并不认为苏晚也想这么早就有孩子的。

　　苏晚像是在思考一般，房间的气压因为她的冥想而变得越来越沉重。肖默城在等待着她的回答，而她在猜测肖默城的想法。

　　他们从来没有这样过，好像是权谋家在探知对方的心理底线，让人浑身都觉得不自在。

　　不知过了多久，苏晚才浅笑着缓缓开口："可能是因为阮阮嫂子怀了，想跟个风，也可能是因为已经考虑清楚了。总之，我想要个孩子。"

　　肖默城没有反驳，只是捏了捏她的鼻子，苦笑着："你以为生个孩子这么简单，烦心的事多着呢。你自己还是个孩子，怎么会照顾人？"

　　"不是还有肖叔叔吗？"

"有你一个我已经知足，到时候操心再老上个十来岁，你恐怕会看着烦。"

他并不认为苏晚是考虑清楚了，她自己明明就还只是一个孩子，刚刚参加工作，甚至连自己追求什么都不知道，万一以后生小孩儿，说不定就会安心在家带孩子，这样的决定会让他觉得他在亲手毁了她。

他的女人不应该是为了他牺牲什么，而是应该有自己想法独立地活着，他不想困住她。

"肖叔叔不想要就直说，何必说这些有的没的。"

被拒绝的苏晚多少有些郁闷，他当她是小孩儿，并不表示他们现在要孩子就是不明智的，可他连骗骗她都不愿意，孩子又不是想要就能来的，难道想想都不能了吗？

肖默城还想说什么，但是苏晚已经背过身去，将后脑勺儿留给了他，准备睡觉了。

04

清晨，苏晚几乎和肖默城在同一个时间起来。

肖默城正为她挤牙膏，她打断他："肖叔叔，以后这些事情还是让我自己来吧，又不是小孩子，这点儿自理能力还是有的。"

肖默城不由得皱起眉头，苏晚在为他昨天晚上说的话而生气。

"你在生气？"

苏晚摇了摇头，故作轻松地笑着，让肖默城有些无奈："我没有生气，只是觉得自己确实应该学会长大而已。"

见苏晚坚持，肖默城也没有再说什么，只是心里生疑，难道苏晚是真的已经准备好了要个孩子，不是空口白话，不是心血来潮？

早晨的阳光透过车窗暖暖地照进来，可车内却像是被冻住了一样，安静得有些异常，换作平时，苏晚应该早就放着那些吵吵闹闹不知谁唱的歌了，可是今天她上车后什么都没有做。

肖默城挣扎了好几次，却还是什么都没有说。他向来不擅长表达，他不想在这种情况下弄巧成拙，昨天晚上的事情，或许已经让苏晚难过了。

在医院大楼分开的时候，他喊住苏晚，告诉她今天早点儿下班，去北城。

他不说她还真忘记了，虽然两人现在用不着天天都往北城赶，但是为了不让肖母又想出别的花样，每个月他们还是会回去几次。

苏晚笑着点了点头。在外人看来两人并没有什么不一样，不过多少知道些内情的李怀儒一眼就看了出来，他绕过两人，径直往办公室走去。

苏晚刚到值班室，就被通知说李怀儒请她去办公室一趟。

想起那天喝醉，睡在他家最后仓促离开，连酒钱都忘记给了。难不成她那天喝得太多，他后悔了，想让自己付钱？这样想着，苏晚快步走到办公室门口，连门都忘了敲，一冲进门就认错："李医生，我错了。"

李怀儒本来在写字的手被她吓得一抖，一笔画了大半张纸，不得不扔掉重新拿一张。他淡定地抬起头，温温地问："苏护士做什么都这么咋咋呼呼的？"

苏晚呆站在那里想了半天，却不知道应该怎么接话。以前肖默城好像也说过同样的话，不过当时肖默城说的时候好像很无奈。

"心情还是没有变好？"

苏晚有些反应不过来，只得连连摇头。

"好一点儿了为什么还是耷拉着头，像是被霜打过的茄子。"

有吗？苏晚下意识地往自己脸上摸了摸，好像还挺好的啊，哪里有被霜打过。

李怀儒好像只是想把要说的话说完，也不打算深究："这里有几份资料，你拿去看看。"

接过李怀儒手上的资料，苏晚赶紧道着谢离开。

刚从李怀儒的魔爪下逃脱出来，苏晚就被闻讯找过来的赵倩抓住，一把拖进一间空着的VIP病房。

不等苏晚开口，对方就已经发问了："怎么样，李医生那天有没有去找你？"

苏晚这才想起毕业典礼那天，突然冒出来的李怀儒，他当时好像有些慌张，额头微微出汗，她以为是天气太热，难不成是……

她探究地看着赵倩："李怀儒是你叫过去的？"

赵倩有些得意，扬了扬眉："怕你一个人想不开自杀，总得安排个人去看看吧。李医生可是我想了好久想到的人，没想到一打电话他就同意了。"

想起那天喝醉在一个陌生男人床上醒来的事情，苏晚就恨不得将这小丫头给打一顿。万一真发生什么，难不成要说是因为肖默城和秦眠春不清不楚，于是她选择以这种方式报复？

她愤愤地剜了赵倩一眼，幸好自己保守正派，李医生……嗯，对自己没兴趣。

她用手上的资料往赵倩头上一拍，抱怨着："真不知道你脑袋里都装了些什么，就你这样应该去写言情小说，套路一个接着一个的。"

她和肖默城的事情，并不需要别人的帮忙。

对于苏晚的到来，肖母比见到自己儿子还高兴。这些年她不辞辛劳地给肖默城介绍了不下上百个小姑娘，没一个入得了他的眼，只有这小丫头，天天围着他转也不见他烦过一点儿。

肖母认定，这抱小孙子啊，还是得从她这里入手。

肖默城怎么会看不出母亲在想什么，只是他觉得苏晚还小，孩子的事情应该等等。毕竟苏晚才刚刚从学校毕业，若是立即抱个孩子，总觉得哪里不对。

饭吃到一半的时候，肖母忽然开口："你们吵架了？"

苏晚下意识地看向肖默城，不愧是经验丰富的肖母，她不过是和肖默城少说了几句话，这都能看出来？

见肖默城半天不说话，苏晚只好自己顶上去："没有，今天医院的事情有些多，我们有些累了。"

看肖母一脸不相信的样子，苏晚只好在底下掐了掐好像事不关己的肖默城。

"你生我的时候没带着那项技能出来。"肖默城抬起头漫不经心地说。

肖母看着他们，心想既然不愿意说，那她也没必要刨根问底，等下还说她一个老婆子爱管闲事。

坐在回去的车上，苏晚主动开口："你中午没有下去吃饭？"

"庭深给我带上来了。"肖默城淡淡地回答。

"是吗？"苏晚闷闷地说着，"原来并不少我的关心啊。"

"以为这样就可以欲盖弥彰地糊弄过去，中午为什么不来找我？"

苏晚将脸转到一边。她是故意没去找他，谁叫他昨晚在那么好的气氛之下说那些冠冕堂皇的话。本想着不去找他，他应该会来找自己，哪知道……

为了证明她不是一个小肚鸡肠的人，她随口找了一个理由："中午我在看资料，我的还是赵倩带的。"

肖默城没戳穿她这个拙劣的借口，浅笑着问："不赌气了？"

"谁说我那是赌气，明明就是我已经想得很清楚的事情，可你却觉得我只是心血来潮。"苏晚将头埋着，戚戚地说。

肖默城空出来一只手摸了摸苏晚的头，到底还是个小孩子，什么事都放在脸上。

05

苏晚的气向来来得快散得也快，闹了几天觉得没意思，也就自然而然地消气了。

阮季的孩子出生在骄阳烈烈的盛夏，当天，苏晚正好跟李怀儒在手术室。

科室的其他人都看出来李怀儒对苏晚的不一样，虽然严厉，却像是在刻意地培养她。

幸好苏晚只是一个护士，若是医生，李怀儒一定会收她为徒。

苏晚心想，她才不想被重点培养呢，没看出她想偷懒吗？

李怀儒却认为，苏晚虽然进来的时间比那些护士都短，但是对于手术室的很多情况，她应对得比别人都好。这是天赋，很多人需要花上大半辈子去学经验，而她却能够条件反射地学以致用。

一做完手术，苏晚就听见外面有人说，阮季突然肚子疼，许医生已经带她进产房了。

不是还没到预产期吗？不过，她也来不及想那么多，连忙对刚做完手术的李怀儒说："我表嫂有情况，李医生再见。"

"再见。"李怀儒淡然地回答，转身朝办公室走去。

在谭梓陌来之前，谭母一直站在产房外面，焦躁不安。苏晚赶紧过去陪着，到底是他们这辈的第一个小孩儿，当然是众望所归，肖默城已经提前过去安排好了病床。

苏晚让谭母回去将该准备的都一块儿带过来，肖默城倒是没有在这里停留多久，安排好床位之后，就回了办公室。今天下午他还有个手术，现在需要准备。

苏晚一直在外面等到孩子出生，进去看了看好几眼才出去忙自己的事。

因为顺产，阮季没有在病床上躺多久，除了刚生完谭谭谭觉得元气大伤睡了一天，第二日就已经蹦蹦跳跳地下地了。

都在一个楼层，苏晚倒是时常过去看几眼谭谭谭，不过小孩子大部分时间都是在睡觉，不睡的时候，就用圆溜溜的眼睛打量着周围。

肖默城一般中午有空的时候会过来看看，到底是在肚子里就钦点的徒弟。可阮季却连碰都不让他碰，说什么想要的话自己和苏晚去造。

阮季还真是哪壶不开提哪壶，苏晚刚因为这件事情和他闹过别扭，他暂时可不想给自己找难题。

没住两天院，阮季就觉得闷了，吵着要出院，她现在是最大的功臣，他们拗不过，当然只能同意。

赵倩不知道从哪里弄到了两张音乐会的门票，也不管苏晚愿不愿意，硬是在下班后扯着要她去听。

用赵倩的话说，肖医生是一个有内涵的人，她也应该让自己丰富起来，总不能整天都在听摇滚音乐吧。

苏晚倒没觉得摇滚音乐有什么不好的，只是见赵倩那么喜欢，她也没好说什么，只能提前跟肖默城说了一声，陪赵倩去听音乐会。恰好音乐厅旁边有很多好吃的，听完还可以出来逛逛。

她倒是没有想过，整天只知道谈情说爱的赵倩居然还会喜欢这么高雅的东西。

从演奏开始,赵倩就听得很认真。至于苏晚,看了三分钟舞台,研究了十五分钟演奏家的长相,偷瞄了赵倩几眼,就睡着了。

直到音乐会结束,苏晚才缓缓睁开眼睛,正巧对上赵倩愤愤的目光,吓得一惊:"你这是要吓谁呢?"

"几百块钱的票让你进来,你居然用来睡觉?"

苏晚无所谓地耸了耸肩:"我说过,与其请我来听音乐会,还不如请我去欣赏一下流浪歌手,十块钱还能自己点歌。"

"没有情调。"

"没你高雅。"

后来苏晚才知道,赵倩这么认真是因为一群演奏家里藏着一个她从小认识的大帅哥,门票也是人家给的。

苏晚不解地问:"他喜欢你?"

赵倩摇了摇头:"喜欢就不会将我拱手让人了。"

"那你喜欢他?"

赵倩无语地白了她一眼:"对一个优秀男生的欣赏,那是生理本能,可是决定和一个人走下去,那是要经过严格思考的。"

受不了赵倩的故作深沉,苏晚"喊"了一声算是回答,什么都没问到的她觉得无趣。

有些渴了,两人去了一家常去喝的饮品店,打算买两杯奶茶。

苏晚觉得饮品店里的人太多，就打算出来等赵倩，让赵倩一个人在里面排队，结果一出来，就迎面撞上肖默城、秦眠春和一个小男孩儿。

她怔怔地看着他们，张了张嘴，却不知道该说些什么。明明说要在医院加班的人，居然出现在了离医院几公里之外的地方。

那男孩儿依偎在肖默城怀里，好像是累了，脑袋有气无力地搭在肖默城的肩膀上。原本两个大人好像是聊到了某件很高兴的事情，可是却被苏晚的突然出现给打断了，连脸上挂着的笑意都来不及收回。

他们默契得就像是一家三口，而她却像一个外人。

她向肖默城提出要一个小孩儿的时候，他说缓缓，她以为他只是不那么喜欢小孩儿。可看到那个小男孩儿枕在他肩上，她才发现，原来他照顾小孩儿的时候也是这么温柔。

"小晚，你怎么在这儿？"在这样的僵持下，秦眠春先开了口，笑容浅浅，依旧大方有礼。

"闲得无聊。"说这话的时候，苏晚面无表情地盯着表情复杂的肖默城。

像是想到什么，苏晚自嘲地一笑，然后说道："你们去逛不用理我，我在这里等赵倩。"末了又补充了一句，"肖叔叔，务必把眠春姐姐送回去。"

"小晚！"肖默城有些慌乱，急切地想要解释。苏晚那些话不管怎么听都像是将他往秦眠春身边推，他很不喜欢这样。

苏晚看了看在店里排队的赵倩，又看了看抱着小孩儿的肖默城，淡淡地说："赵倩就在里面，难道我们要以这个形式开个茶话会？"

"那我们现在就回家。"肖默城急切地想把她拉在身边，从一直被需要到现在被推开的感觉真是让人烦闷。

……

赵倩出来的时候，只看见苏晚站在门口失了神似的盯着前面人来人往的大街，伸手在她面前晃了晃，疑惑地问："被勾魂了？"

苏晚猛地清醒过来，勉强地笑了笑："想到还有事情没处理，我要回家一趟，就不逛街了。"

"开车送你？"

"不用，我打车回去就好。"说完她立即拦了一辆出租车坐了上去。

看着苏晚匆忙离开的样子，赵倩有些疑惑，有什么事情会这么着急，着急到连她手里的奶茶都忘了拿。

既然苏晚回去了，她也没有兴趣再逛下去，转身朝停车的地方走去。只是，不远处的身影让她一惊，她下意识地朝苏晚离开的方向望了望，想了想，没有像上次一样打电话过去。

06

肖默城将秦眠春送回去后，马不停蹄地赶回家，他完全没有料到会在那种情况下让苏晚撞见秦眠春。

哪怕家里没有开灯，他也知道苏晚回家了。苏晚那句务必把眠春送回去，意思就是让他赶快回家，认识了这么多年，这点儿默契还是有的。

突然亮起的刺眼灯光让苏晚下意识地闭上眼睛，过了好一会儿，她才缓过来。她知道，就算她什么都不问，肖默城也会主动将事情讲清楚。

果然，肖默城一坐下，就开始解释："小晚，今天是因为凡凡忽然生病，眠春一个人照顾不过来，加上她手术那边的医院已经联系好了，就想顺便过去跟她说一声。凡凡吵着要去吃东西，没办法，我们才一起出去吃饭的。"

"然后呢？"等他说完，苏晚才慢悠悠地问。

肖默城看着苏晚，心里涌起一阵不安，不应该是这样的，现在的她看上去太平静了。撞见的时候，她没有歇斯底里，没有冲着秦眠春说过分的话，甚至没有让他立刻回去，而是让他解决好后再回家。

现在的她听完他的解释后也没有质问,只是冷静地说了一句"然后呢"。这样的苏晚太陌生了,像是肚子里藏满了心事,像是已经做好了随时离开的决定。

"我和眠春之间什么都没有。她之所以回国,一方面是为了阿姨,更大的原因是她患了咽喉肿瘤在国外的工作已经干不下去,恰好国内杂志社找她,她才回来的。她一个人在C市,又要工作又要照顾凡凡,确实是事情有些多,我才过去帮忙的。

"一开始确实是我主动找到她的,我在医院工作,同时也希望能够帮她找到一个专业的医生,在治好病的前提下,还能让她的嗓子不受那么大的影响,你也知道她有多爱惜她的嗓子。"

苏晚这才想起来,上次遇见秦眠春时她沙哑的声音。

苏晚看着肖默城,认真地说:"所以你才会在答应陪我去饭庄后又失约,才会明知道我多么期待你能看着我毕业长大,却陪着她去看病。"

肖默城听得一怔,她还知道那些事?她是什么时候知道的?

不对,明明不应该是这样的,为什么全都乱套了?这些事情应该由他来说,而不是在这种情况下,从她嘴里说出来。

可现在这些已经都不重要了。他神情复杂地看着苏晚,纠结、哀切、慌张……

片刻后,他缓缓道:"小晚,你总不能让我眼睁睁地看着眠春生病,而不去管吧。我是她的朋友,更是一个医生,何况父亲的事……"

苏晚勉强一笑:"你觉得我在为这个事情而吃醋?肖叔叔,你还是不了解我。

"没错,我当然会吃醋,你是我的老公,就算她离婚了,带着小孩儿,现在还生着病,就算知道你只是尽朋友情分,我还是会吃醋。这是本能,我没办法控制。可你在做这些的时候,有没有想到过我?

"肖叔叔,我是你的老婆,不是你的女儿,我也已经不是一个不懂事的小孩子。可是你不管做什么,从来都没有想过事先和我商量,是以为我不能理解你,还是觉得我没必要知道?"

苏晚眼睛红红地看着肖默城,声音闷闷的。

在肖默城看来,她不轻不重说出的每一句话都在戳着他胸口某处,字字命中关键。

"小晚,我……"肖默城不知道该怎么解释这件事情,就算他们已经结婚,可在他心里依旧当她是个孩子,这一点苏晚并没有说错。之所以选择不告诉她也确实是觉得她可能不理解,可能会闹脾气,怕她可能会将自己带进死胡同,最后弄得自己难受,他才选择暂时不提这些。

苏晚顿了顿,问道:"肖叔叔,这次是我撞见了,所以你全盘托出地都告诉我。那我要是什么都没有看见呢，你是不是打算让我顶着随时听到一些风言风语的危机，一直到她的病治好？"

"我只是担心你知道后会多想，毕竟你向来不喜欢眠春。"明知道是最无力的一句解释，可他还是说了出来。

"现在我就不会多想吗？明明是因为秦眠春的病着急从觅江赶回来，你却什么都不说；学术报告到底是因为不能推辞掉，还是因为秦眠春，你比我清楚。这些你都没有和我提起过半句，难道从别人那里得知我就不会想得多了？

"肖叔叔，如果你觉得和我结婚仅仅只是为了弥补那个错误，我想我应该劝你悬崖勒马。我爱你，并不只是想做一个被你照顾的小孩子，也想做一个能和你平等交流的妻子。"

这些话像是埋在苏晚心里很久了，久到说出来的时候，连贯得没有一点儿磕绊。

肖默城看着这样的苏晚，忽然有些恍惚，她好像已经长大了，而且已经大到超过了他的预计范围。

她不再只是甘于仰望着他，不再只是想绕在他的外围转圈。她开始想要知道他在想什么，知道他也许也会有脆弱的一面，希望自己能够帮助他，而不是只被保护着。

肖默城有些矛盾，是他做错了吗？

他尽心尽力地保护着苏晚，没让她在两人之间的事情上苦恼过半点儿，希望她可以一直像个孩子，高兴了就往你脸上亲一口，不高兴就将你痛骂一顿，不会患得患失、忧心忡忡。

可到头来，她告诉他，她不想做个孩子。

孩子？

肖默城想起那晚她忽然说想要孩子的事，联系这些天的种种，所以那次淋雨，突然说不喜欢眠春，突然想要一个孩子，都是因为她知道了这些？

他早该发现不对劲儿的，也早该将这些都解释清楚的。

07

他将自己关在书房想了好久，他和苏晚之间出现了很严重的问题，他必须解决它。

他焦躁得完全没有办法静下心来做别的事情，脑子里全是苏晚的那些话，一遍遍地重复着，可他却不知道应该怎么解决。

向来说话有理有据的他，第一次被她说得哑口无言。

他点了烟，站在书房的窗户边。他的烟瘾在这几年已经小了很多，最初抽烟是在秦眠春离开的那会儿，渐渐地，烟瘾只增不减，这几年因为苏晚不喜欢才渐渐减少了抽烟。

当年，眠春的父亲病情危急必须手术，手术成功几率很低，整个医院没有一个医生愿意接手，两家素来有交情，最终他父亲只能自己做。

父亲当时只说会尽全力来做这个手术，至于其他，他并没有多说。可是在手术途中，秦父出现大出血的状况，又由于血库没有多余的血量库存，导致那场手术失败。

此后，父亲就从主任的位置上退下，从此不在医院工作，而是在一个医疗器械公司任职。

秦母虽然没说什么，可谁不知道她心里难受，于是在秦父过世后，肖默城便觉得自己应该照顾秦眠春。

大概是因为忽然失去父亲而难受，很快，秦眠春就和肖默城成了无话不谈的朋友。可渐渐地，她发现肖默城照顾她不过是因为她父亲，后来，她成功考上 C 大，不久后直接被选为交换生去了国外。

紧接着，她就和一个华裔结了婚，连着秦母也一块儿接到了国外，再后来又听说她离婚，最后，又因为嗓子的原因，不得不回到国内。

这些年来关于秦眠春的消息从不间断，他也不过是听听，直到秦眠春因为咽喉肿瘤回来，他才主动联系她，因为他没办法置身事外。

他能怎么办？当年秦父的事情，就算从来没有人再提起过，可在肖家人心里永远都是一根刺——父亲因为那个事情辞去医院的工作，母亲虽然什么都不说，却也一直默默地帮着秦家。现在眠春出了这样的事情，他又怎么能干看着？

这些都应该早告诉她的,他从没有想过不告诉她,只是他一直以为不是恰当的时机。林庭深也提醒过他应该早点儿想清楚告诉她的,可那时候他觉得至少应该是在帮眠春联系好医生之后。

或许在事情全都解决之后,他会挑个好时机一并说了,可为什么时间不对呢?

肖默城回卧室的时候,苏晚还没有睡,半靠在床上,手里拿着那本看了好长一段时间的小说。没想到一开始她连着问了他无数遍都记不住人名的小说,已经被她看了一大半。

见他进来,她立即合上书,准备睡觉。

她刚闭上眼睛,就听见旁边传来声音:"小晚,抱歉,我一直以为我们之间,我必须照顾你,因为我比你大那么多。"

苏晚没有说话,只是睁开眼睛淡淡地看了他一眼,然后翻过身,留给肖默城一个背影。

难得肖默城今天听她说了这一大堆破道理,相比较于知道那些事情时候的难过,她觉得更可悲的是她发现她和肖默城之间连平等的交流都没有。

她想说了,肖默城会听着;她做得不对了,肖默城会纠正。可是他们之间总是少了什么,就像是一个求知的孩子,遇上了一个渊博的学者,他告诉她道理,护着她、宠溺着她,却从不向她分享他自己的顾虑。

肖默城习惯性地伸手想将她揽进怀里，她往外躲了躲。

她不认为两人在这样吵过之后还能够相拥而眠。

哪怕只是细微的动作，肖默城还是感觉到了，他无奈地收回手，隔着两拳的距离依着苏晚的姿势躺下。明明闭着眼想让自己睡着，可所有的精力都像是定在了苏晚身上，恨不得将她毛孔的呼吸都感受到。

屋子里非常安静，他们都知道对方没有睡着，却没一个人说话，就这样听着两人的呼吸声。

/第五章
爰采唐矣？沫之乡矣

01

苏晚那天起得很早，天不过微微泛出鱼肚白，她就窸窸窣窣地起来了，肖默城立即感觉到了。

不知道是不是怕一醒来就看见苏晚冷漠疏离的脸，他不敢睁开眼睛，只能假装自己还没有醒过来。不过，他的演技很差，苏晚一眼就看了出来。

苏晚并不打算拆穿，而是独自去洗手间。等她再回来的时候，肖默城已经起来了，本来想和她说话的，但是想了想最后又什么都没有说。

倒是苏晚装作什么事都没有发生一般静静地在客厅等他。

肖默城怎么会看不出她是有事要和他说，只是她会说什么？

他微皱着眉，面露苦色，他忽然有些害怕她开口，因为不知道她会说出什么他不想听的事情。

苏晚并没有给他这个机会，她只是眼神淡漠地注视着前方，想了想，缓缓地开口："肖叔叔，我一直以为代沟、年龄差只会让我更加崇拜你，最近我才想明白，差十岁就好像我在拼命地追某个东西，最后才发现你我就像是车子的前轮后轮，追到没命也追不上的。

"在我还不知道理想为何物的时候，你已经把你的人生安排得井然有序，当我还在异想天开做着梦的时候，你已经规划好了未来的事业，我奋力地追，却还是离你那么远。不管做什么都幼稚得像个孩子，而我们就算结婚了，你也只是把我当作小孩儿一样在照顾。"

肖默城着急地说："抱歉，我以后会试着把你当成一个大人。"

"可我想尝试过下不黏着你的日子，看看那样的我会是什么样子。"

苏晚瞪大眼睛看着肖默城，眼里透露出来的目光显示这件事势在必行。

这让肖默城有些不知所措，他经历过秦眠春的离开，可他没有想过，这个陪伴他生命大半时光的小丫头有一天也会离开。

如果说上次是因为他和秦眠春中间梗着秦父，那么现在呢，他连个推脱的人都找不到。

"你想分居？还是说……想离婚？"最后几个字，他几乎是从牙缝里挤出来的，鬼知道他多么厌恶这几个字。

苏晚像是看不出他的情绪似的，依旧自顾自地说："医院的宿舍应该还有空床，我可以先搬过去，医院附近的小区应该也有房子租，我可以顺便找找。等到解决了这些矛盾，我们再……"

"我不同意。"

他完全听不进去她所说的任何方案，什么叫解决他们之间的矛盾，难道解决矛盾需要分居？这让他有些焦躁，当苏晚说出要搬出去住的时候，心脏像是受到了强烈撞击，突突地疼。

他微皱着眉，心里乱成一团，伸手揉了揉额头，过了许久，才说道："如果觉得我对你的干涉太多，我都可以改，一有事就闹成这个样子，这像话吗？"

"肖叔叔，能不能让我自己做决定？"苏晚说得很平静，像是知道肖默城一定不会同意。

她想要一个单独的空间独处，至少应该学会不再是盲目地追着肖默城，而肖默城也需要时间将她看成一个大人，她并没有想过离开肖默城。

她不觉得肖默城宠她照顾她有什么不好，只是她不想肖默城有什么事情都不和她说，而是一个人背着，那她作为一个妻子也就太失败了。

　　随后长长的一路，肖默城都没有说话，只是抿着的唇让苏晚知道，他现在很烦。如果不是顾虑苏晚在车上，他一定会点上烟，狠狠地抽上几口。

　　直到车子停在医院的停车场，肖默城伸手利用中控锁锁住了车门，像是挣扎了许久般地说："我搬出去。"

　　"肖叔叔！"苏晚并不同意这个决定，她只是想出去住段时间，什么时候她想回来了自然就会回来，可是肖默城这样又让她觉得像是自己在胡闹。

　　"我知道你想说什么，但是我不放心你一个住出去。那里你住了那么久，万一出个什么事情至少知道去哪儿找谁。"末了，他强调道，"这是一个男人对一个女人的不放心。"

　　苏晚看了肖默城半天，最终也没有找到反驳的话。既然肖默城认为这是他出于一个男人的想法，她想她应该尊重，两人又不是见面眼红的仇人，没必要闹到不可收拾的地步。

　　"我先下去了，快迟到了。"

　　知道苏晚已经同意了这个决定，肖默城这才打开车门，看着苏晚径自走下去，而他却闷在车上抽了好几根烟，才在稍稍缓过来后下车的。

02

肖默城刚到办公室就撞见了林庭深。

林庭深环视了他一圈，不由得皱起眉头，问道："什么时候烟瘾这么大了？"

"现在，你不是都看见了吗？"肖默城显然没有心情在这里和林庭深胡扯，他现在已经够烦了，如果不是因为手上还有几个病人没有出院，他可能连医院都不想来。

不对劲儿！林庭深暗自腹诽着，盯着肖默城的目光像是在审查一般，半眯着眼恨不得将他看穿。

刚刚他还想问问肖默城今天苏晚是怎么回事，叫她都不理一下的，一到这边又是这样，奇奇怪怪的两个人，一定出了什么意外，他还没有见过肖默城这样不节制地抽烟。

"你和丫头吵架了？"

"算是吧，总之好不到哪儿去，也许更糟糕。"

林庭深也算是知情人之一，并没有什么瞒着的必要，何况自己今晚还需要在他那里留宿，本来还想着中午有空过去和他说一声，现在看来都不需要了。

精明如林庭深经他这么一提自然一下便联想到了，不由得皱起眉头："知道了？"

见肖默城点头，他整个人躺在沙发上，慵懒地嘲讽道："活该，当初劝你早点儿说，可你非说这算是你帮她做的最后一件事，也算是帮伯父做些事情。可我们都看过当时的病例资料，那个手术任谁去做，都不能保证百分之百成功。"

肖默城叹了口气："今晚我去你那儿。"

"这么严重，都直接把你从家里赶出来了？"林庭深不由得感叹，"也对，哪个女的愿意看着自己的老公去照顾另一个女人，而且那个女人还可能是自己老公的初恋。"

"神经科今天是不是没有病人，你要是觉得闲了不妨去病房转转？"肖默城没有心情在这儿和林庭深胡扯，本来就已经够烦的了。他和苏晚之间什么时候变成这样的，明明应该很好的。

林庭深不满地耸了耸肩，却也知道他俩不会给他插手的机会，两人都固执得要死，觉得是自己的事情绝对不会让别人插手，不然大可以将秦眠春的事情交到他手上，现在也就不会多出这么些弯弯绕绕的烦事。

刚进手术室，李怀儒就看出了苏晚的心不在焉。

在苏晚帮他戴手套的时候，他说："手术后直接去我办公室。"

苏晚脸上闪过一丝诧异，眉毛都拧在了一块儿，想不出自己又做错了什么，却还是点了点头。

大医生说什么就是什么，她还能反驳什么。

手术结束后，苏晚忐忑地跟着李怀儒去了办公室，一直回想着这几天自己的所作所为，也没发现自己哪里做得不好，那他叫自己过去是为了什么啊？

李怀儒给她泡了一杯牛奶，递给她："把这个喝了，睡一觉之后我希望看到一个专业的护士。"

"李医生，你这是……"

"带着情绪进手术室的后果，应该不需要我说了。如果你的职业只是小打小闹，我也不说什么了，可你是个护士。"

苏晚赶紧端起那杯牛奶一口气喝完："谢谢李医生，以后不会了。"

李怀儒坐回自己的座位上，微微地点了点头，然后自顾自地打开资料看着。

见李怀儒好像没有什么跟自己说的，苏晚赶紧一溜烟地从办公室溜了出去，看来在这位大专家离开之前，她是绝对不能在工作上掺任何假的。

03

晚上，肖默城果真简单地带着几件衣服就去了林庭深那儿，离开前和苏晚打了个照面。

看着餐桌上还在冒着热气的饭菜，如果不是因为铁定了心地想让自己和肖默城成为没有问题的亲密爱人，她觉得什么都不用想地受着肖默城的宠也挺好的。

林庭深站在门口看着肖默城，没有从他脸上寻出伤心倒是有些失望，不过还是不忘打击道："怎么样，有家不能回是不是特别难受？"

肖默城冷哼一声，绕过他直接往里面走去。当初要不是因为这幼稚鬼和自己是班上齐头并进的优等生，自己肯定不会多看他一眼，都一把年纪了还整天幼稚得像个小学生。

见他这样，林庭深更来了兴致，转身继续在那儿慢条斯理地磨着咖啡豆，嘴巴却没有停下来："当初求着你来首都投奔我的怀抱，你还不愿意，现在还不是自己觍着脸过来了，这都是命。"

林庭深看似大大咧咧的，却有着医生的通病——见不得任何脏，所以，他的房间还是很干净的，肖默城随便找个地方就大方地坐下，完全不用招呼。

"难怪小晚说你找不到女朋友，话这么多，谁敢要啊？"肖默城吐槽，末了，他又吩咐道，"给我弄一杯。"

"不给。"

"我记得你家的待客之道不是这样的。"

林庭深轻笑一声，没接话。

咖啡煮好之后，他递给肖默城一杯，忍不住好奇地问："昨天是不是被丫头骂得一句话都说不出来？"没等肖默城回答，他摇着头鄙视道，"就知道你舍不得骂她一句，还是丫头厉害啊。"

"你到底想说什么？"他觉得今天的林庭深有些奇怪，

话题总是往苏晚身上绕是想要怎样。

林庭深得意地扬起下巴,慢悠悠地走向书房,嘴里哼唱:"又是一个无眠的夜……"

肖默城无语地瞪了他一眼。

被林庭深的乌鸦嘴料中,肖默城开着电视漫无目的地听了大半夜的广告,直到深夜两点还没有睡着。

躺在沙发上的肖默城翻来覆去怎么也睡不着,明明原本这个时候他可以将她小小的身体紧紧地抱在怀里,感受着她的气息的。

他回想着,与她之间的点点滴滴。

他从不抗拒和她结婚,不抗拒在自己的生活里加上她,甚至在结婚后顺其自然地要将她拥在怀里睡觉,好像这样会睡得更加安心似的……

现在,他很确定,他已经爱上苏晚,不然也不会在听到她说追自己累了想放弃自己时,心里那么焦躁。

他真的爱上了一个比他小十来岁的姑娘,以前他还能够克制这种感情,他以为等苏晚找到另一个人将所有的情感转移,一切就会结束。但现在,他已经不能失去她了。

明明才不过大半年的婚后生活,可两人默契得就像是相处了很久的夫妻,在此之前两人没有发生过什么争吵,即便是有也不过是小打小闹，没有哪次会像现在这样，他躺在朋友家里，像一条无家可归的流浪狗。

04

世上没有不透风的墙，哪怕阮季正在坐月子，该看出来的事情还是照样能够看出来。

趁着苏晚来家里看自己的工夫，阮季装作无意地问："肖师兄做错事了？"

苏晚没有刻意隐瞒，两人现在在医院基本上都刻意地不去找对方。有时候她甚至已经忍不住迈出脚了，最后还是收了回来，想着还是再等等吧。

"他做事有没有分寸你还会不知道？"

阮季一边皱着眉头喝着鸡汤，一边慢悠悠地说："有时候做事太有分寸，反而会让身边人感到疲惫，我想你应该比我清楚。"

"所以我才不想要肖叔叔什么事情都不和我说，让我觉得我的存在可有可无。"

爱的最初，只想着能够和那个人在一起就好，目的简单，道路明朗。可当真的在一起后，你会开始想接近他、了解他，能不成为他的困扰又能帮助他，目的细化，道路四通八达。有些爱情到了最后两人开始争吵，开始冷战，然后分开。

她不想和肖默城变成那样，坚持十二年，不是因为分开而不甘心，而是真的离不开了。

这几天，她一直将自己的时间安排得满满的，除了固定不变地跟着李怀儒的手术，其他时间基本上都在工作，因为累了就不会胡思乱想。

可她还是忍不住在想，他在干什么？他有没有像自己一样不习惯？有没有彻夜难眠？会不会按时吃饭？烟瘾是不是又加重了……

林庭深来找过她，对她诉一番苦后就离开了。其实她怎么会看不出来他是在帮肖默城，几乎每句话都像是在帮肖默城洗脱。

她苦笑，好像大家都觉得她是因为秦眠春而那么做，可她只是希望两人能够多点儿交流。

如果对一个人永远怀着敬仰，那就只能站在山脚下看他，可是，结婚的基础在于平等。

苏晚的固执阮季是见识过的，不然也不会被肖默城不冷不热对待了这么久，依然没有放弃。她知道苏晚虽然看着像小孩子，但是心里跟明镜似的，什么都知道。他俩的事情应该不需要别人操心的。

"要不要替我喝点儿鸡汤？"趁着这会儿没人在家，阮季浅笑着转移话题，想到未来还有大半个月有这样的待遇，她不由得心酸。

苏晚逗着难得愿意在她怀里待一会儿的谭谭谭，装作没听见一样，她可不想舅妈知道后把自己赶出家门。

交友不慎的后果还真是悲惨，阮季想着当年自己可是为了她没少在肖默城身边说好话，现在轮到她帮一点儿忙都不愿意了，人心啊……

苏晚并没有在这里逗留多久，见着出去买东西的谭母回来，就趁机离开了。虽然她和肖默城闹成这样，可她还是不希望这种事情传到家长那边。

耐不住苏晚对自己的冷漠，肖默城想过去找苏晚，可又不知道该以什么样的理由，只好神情复杂地冲进林庭深的书房。

正在书房百无聊赖发呆的林庭深被突然闯进的肖默城，吓得险些摔到了地上，他不满地抱怨道："又是什么事？"

这几天，肖默城借着心情不好为理由，在他家不知道抽了多少烟，要不是看在大学同学的情谊上，他铁定将肖默城赶出去。

肖默城特意搬了张椅子坐在了林庭深旁边，认真地问："你了解女人吗？"

林庭深嫌弃地瞧着他，却还是点了点头："应该比你了解。"

"那你觉得就算她说过不介意我去照顾一个人，那她是真的不介意，还是故意这么说的？"

暗指得这么明显，林庭深便也不敷衍，正色道："换作是你，丫头对一个人很好，你觉得怎么样？"

小晚对另一个人这么好？肖默城还真的没有想过会有这种时候，从小到大，小晚就只对他一个人好，而他自然而然地以为，小晚就是那个只会对他好的人。

大概是觉得这个话题没有进行下去的必要了，肖默城也就没有在这边耗着，鬼知道下一秒林庭深嘴里又会说出什么羞辱他的话来。

05

趁着周末，肖默城给秦眠春打了个电话，然后带着林庭深一起过去。

秦眠春也知道肖默城找她是因为什么事情。

她到约定地点的时候，肖默城早就已经坐在那里了，他身边的位置上还坐着一个人，她隐约记得上次去首都的时候见过。

她微微示意了一下，顺其自然般地坐在肖默城的对面，问道："什么时候过去？"

肖默城直接回答："最近。不过，今天不说这件事情。"说着他朝林庭深看了一眼，"我在那边毕竟不熟，庭深在首都待的时间久，以后那边的事情你就直接找他吧。"

林庭深适时地自我介绍："你好。我叫林庭深，神经科专家，上次见过。"

秦眠春朝林庭深微微笑了笑,并没有对这个决定发表任何看法,只是淡淡地问:"所以是不是以后都不联系了?"

见肖默城没有回答,她轻笑一声:"你还是和以前一样,做决定的时候从来不会管别人会怎么想。"

肖默城不禁一怔,但很快便反应过来,淡淡地说:"以后不会了。"

秦眠春不由得皱起眉头,不过肖默城并不大打算细说,直接将话题转到了林庭深身上。

简单地将事情说过之后,肖默城率先告辞。

秦眠春没有阻拦,到底是一个要强的女人,加上明知道现在肖默城的心思已经不在自己身上,要是再过多纠缠,反而会拉低自己的档次。

他们走了之后,秦眠春在咖啡馆坐了很久。她一直以为,肖默城的性子是到死都不会变的,因为她父亲的事情而对她满怀歉疚,从而尽心尽力护着她。为了减轻他的愧疚,她选择出国。不过,后来的事情都不是她能控制的,没想到那个从来不起眼的小丫头,竟然会有这样的能力,让他改变。

路上,林庭深不满地念叨:"凭什么你为了丫头洁身自好而搭上我?"

"我只是说明事实,我确实对首都不如你熟悉。"肖默城回答得很是一本正经。

"我说的是这个吗?"林庭深不满地扁了扁嘴,"你要知道作为一个单身男性,随时都有可能遇见真爱,你说你一个大男人老是赖在我那儿合适吗?"

肖默城白了他一眼,毫不在意地反驳:"见面第一天就跟着你回家的绝对不是真爱,我这样反倒让你少了应付的理由。"

要不是因为打不过他,林庭深现在恨不得直接将他从车上丢出去。难道没看出来自己已经在嫌弃他了吗?

他本以为肖默城就是想和丫头闹一闹,紧接着就会回去。可没想到都过去一个星期了,肖默城完全没有任何回去的意思,还占了他的床。

就在他正想着要找什么样的理由,让肖默城回去的时候,肖默城毫无预兆地喊了一声停车,把他吓得一哆嗦。

林庭深顺着他的目光看去,只见从前面不远处的车上下来两个人,哪怕是看背影也知道是谁,苏晚和李怀儒。

他正打算问肖默城要不要下去,就发现那家伙已经行动了。

06

周末若是不值班,来北城敬老院似乎是约定俗成的事情了。

苏晚倒也不用李怀儒刻意提醒,基本上会在周五的时候告诉李怀儒这周她有没有空,本来就是趁着有空的周末过来敬老院帮点儿忙，也就不觉得有什么好避讳的。

"李医生，你好，没想到这样都能撞见。"

闻言，走在前面的两人纷纷转身。

见到肖默城，苏晚脸上闪过一丝惊讶，随即恢复正常，脸上挂着浅浅的笑意。这些天，两人在医院都是各忙各的，已经有很长一段时间没有见着了。

李怀儒礼貌地回应："我也没想到会在这里遇见肖医生。"说话的时候，他下意识地看了看苏晚。

肖默城像是没有看见苏晚一般，反倒是和李怀儒很熟络地聊了起来："李医生来这边是有什么事情吗？北城老区好像没有什么地方好玩的吧。"

"肖医生还管这些？"李怀儒意有所指地问。这句话像是在暗示肖默城管太多了一般。

果然，苏晚立即注意到肖默城微微变了脸色，不过，也就那么一会儿他就恢复了脸色，只见他微微一笑："只是想，李医生既然知道这么好的地方，应该问问，方便我下次有机会过去看看。"

李怀儒没有正面回答，脸上还是一本正经的样子："那地方肖医生未必喜欢。"他直接终止了这次的对话，"肖医生回聊。"

看着李怀儒走远，苏晚这才发现肖默城将视线落在自己身上。她尴尬地笑了笑："肖叔叔，再见。"还不等他再说话，她已经快步跟上李怀儒。

肖默城恨不得将她的背影盯出个洞来，眼里攒满了怒火，他只不过从家里搬走一个多星期，她这是在做什么，和别的男人单独出门，还笑盈盈地和自己说再见。

这一刻，他心里忽然泛出酸楚，忍不住地难受，是嫉妒、愤怒、吃醋……

没错，他吃醋了，这种小女孩儿才该有的情绪，居然在他身上出现了，而且很强烈。

原来这么不好受。

林庭深坐在车里看了半天戏，原本以为肖默城会冲上去将苏晚那小妮子拎回来，然后顺理成章地从他那儿搬走，结果却居然这么让人叹惋。

过了好一会儿，肖默城才转身走向林庭深的车，板着脸，任谁都看得出来他心情不好。

火上浇油林庭深不是第一次干，他幸灾乐祸地说："心里是不是很难过？不过小丫头本来就年轻，你不守好，还指不定跳进谁碗里去呢。"

肖默城凛冽的目光看向他："李怀儒在首都的时候，也喜欢和女护士单独出来？"

林庭深撇嘴："这事我哪知道啊。不过，传言李怀儒专心事业，私生活干净得像一张白纸。"

"是吗？"肖默城半眯着眼睛注视着那两个人离开的方

向,他知道那里有一座敬老院。

　　李怀儒是什么样的人,他不在意,不过苏晚是怎么样的,他应该是清楚的。

　　"走吧。"见林庭深老半天不开车,肖默城淡淡地吩咐道。

　　刚刚他确实有些冲动,若不是顾及在大庭广众之下,她身边还有一个李怀儒,他一定将她抓回家好好拷问。

　　林庭深可不是一个见好就收的人,他现在恨不得句句戳着肖默城的内心,好让肖默城追随苏晚而去。

　　"肖默城,我觉得吧,你和丫头这样分居下去也不是办法,两个人总还是要处在一起,才能够你侬我侬。"

　　肖默城微皱地眉头看向林庭深,没有生气,像是在思虑着林庭深这话里的意思。

　　"反正秦眠春的事情你也交到我手上了,你倒不如趁着今天这件事情直接去家里等着她,到时候两人一说话,情到浓时顺水推舟,那件事情就过去了……"

　　"你很有经验?"肖默城当他在胡扯。

　　林庭深非常不喜欢肖默城的打断,不满地瞪眼:"当局者迷,旁观者清。"他满脸得意地说,"你要是觉得这样不好,你就想个办法让丫头来找你,比如出个车祸啊,感冒发烧啊或者吃坏肚子都可以。到时候丫头铁定心软,巴巴地直接跑来看你。"

　　肖默城敷衍地点点头:"我建议你多看点儿专业书,那些脑残剧适量就好。"

"喂,我今天说的可字字珠玑。"
"嗯,留着以后自己用。"
"肖默城,不听我的你会后悔。"
"结交你我也很后悔。"

07

这夜,林庭深家里的电视又不休不眠地响到半夜,电视里除了新闻就是广告。那些广告词连林庭深都能够倒背如流,要不是因为对方是肖默城,他肯定早将这个人从自己家里赶出去了。

终于,不知道过去了多久,肖默城将电视关了,林庭深也就安下心来呼呼大睡。

肖默城却始终睡不着,今天苏晚说的那句再见还在他脑海中回荡。

自分居以来,两人虽没有刻意躲避对方,却还是难得见上两次。就算是见面了,两人也不过是简单地打个招呼。今天他故意装作无视她,没想到她居然笑着说了句再见。

夜已深,可大脑却像是不受控制般地清醒着,甚至比白天还要清醒,想起苏晚居然在周末和李怀儒在一起,他更加睡不着了。

苏晚不知道,但他很清楚,一个男人对一个女人的关心,从来不是没有理由的。

翻来覆去大概折腾了将近一个小时，肖默城忽然坐起来，朝浴室走去，在打开水龙头的那一刻，脑子里忽然闪现出林庭深下午的话——

出个车祸、感个冒发个烧、吃坏肚子……

感冒发烧？他看了看花洒里流出来的冷水，好像不是不可能。

本来已经热了的水被肖默城迅速地调成冷水，虽说现在是夏天，但是深夜洗冷水澡也还是照样会激起一身鸡皮疙瘩。

肖默城一直在里面淋了将近两个小时，直到冷到没有知觉才出去，作为医生他当然知道这样不好，不过，有时候反其道而行好像也不错。

为了让感冒更加明显一点儿，他直接把自己关在阳台，坐在阳台的椅子上，也不盖毯子，就这么坐了一个晚上……

林庭深一大早起来，被昏睡在阳台摇椅上的肖默城吓了一跳。不过只一瞬，他便反应过来，过去瞧了瞧肖默城的情况，立即打电话给苏晚。

"丫头，你老公出事了。"

苏晚不相信，想着昨天见到的时候还好好的，没病没伤的，过了一晚就出事了，骗谁？

"林学长，听过《狼来了》的故事吗？你现在就和那个小屁孩儿一样。"

"等下就只有你哭的份儿了。"林庭深没好气地冷哼一声，然后将电话一挂，直接发了一张图片给苏晚。

果然，那边很快回了电话过来："肖默城到底怎么了？"

苏晚没有喊他肖叔叔，直接喊的是肖默城的名字，看来效果不错，都着急成这样了。林庭深立马摆起谱来，故作轻松地说道："据我观察，体温40度，伴有咳嗽，浑身无力，扁桃体发炎，就是简单的感冒，不是很严重的。"

可这样的话听在苏晚耳里就不一样了，先不说后面那几句废话，光是高烧40度就已经让她的心揪在了一起。她却还是逞强："那麻烦林学长把肖叔叔送去医院。"

林庭深看着已经挂断的电话，小丫头这是什么意思，无动于衷不可能啊。

瞧着病得不轻的肖默城，林庭深只得费力地将他背在身上，心里埋怨：这么重，想着用这个招数的时候，就没想过自己去医院吗？真会折腾人。

带着肖默城去了医院之后，林庭深直接给他挂了个急诊。

林庭深家里向来不备药，想着肖默城可能吹了一夜的风，只希望他能活着见小丫头最后一面。

08

本来好好的周末，被肖默城一折腾就耗去一半了。直到肖默城醒过来，林庭深才嫌弃地将手机往肖默城旁边一丢："丫头恐怕还是要你自己请,不过,我没想到你居然能够对自己这么狠心,佩服。"

肖默城没好气地瞪了他一眼,像是在说"没事你就可以滚了",然后拿起电话,一接通就直接咳了起来,片刻后,他才虚弱地说:"小晚,我在医院。"

"我知道,我让林学长把你送过去的。"苏晚故作冷漠地说。

"我饿了……"

"你叫林学长给你买去,不然你就叫护士,医院总会有认识的人……"

"可是……我想你了。"

肖默城着急地打断她,他还是头一次说这样的话,停顿了好一会儿后面几个字几乎是脱口而出,这才是他心里所想。

他想她。从他搬走的第一天,伸手摸不到人的时候就开始想了。这几天来,他一直没有怎么睡着过,脑子里一直在想着她,他才知道,原来念及一个人的滋味一点儿都不好受。

本来还有很多推脱理由的苏晚,此刻再也说不出来了。从早上得知他发烧开始,她就在家里坐立不安,绕着家里走走停停了大半天。她想打电话过去,又告诫自己不许打,就这样拉扯着,手机一有动静就立马去看,发现不是他打来的那颗心又悬了起来,直到他说,他想她了。

"我想你了"这句话直接将她心里所有的防线击溃。她挂了电话,立马从家里冲了出去,恨不得立即守在肖默城的身边。

苏晚直接拦了一辆出租车,催促着师傅开快一点儿。那师傅倒也是老实人,见她这么着急还以为出了什么急事,吓得立即快上了几分。

到了医院,苏晚直接给了一张毛爷爷,连钱都不用找了,拔腿就往医院大楼冲。

见到肖默城的时候,苏晚站在那儿立即哭了出来,一边吸着鼻子,一边哭着抱怨:"谁让你这么对自己的。"

昨天见面还神清气爽,而且肖默城的身体向来很好,怎么会轻易感冒,稍微一想,她也能想出缘由来。

反正是在肖默城的办公室,也就不用顾忌这么多,肖默城示意苏晚走过来之后,用没打点滴的那只手替她擦着眼泪,嘴上哄道:"好了,是我不好,都是我不好,别哭了,好不好?"

想起两人分开这么多天,虽然是她提出来的分居,可是她心里又怎么会不想念。肖默城离开后,房子空荡荡的,她才发现什么是真正的冷清。

可是她害怕肖默城又会为了秦眠春瞒着自己,害怕两人又会因为秦眠春而争吵,所以一直忍着不去找肖默城,现在见到了自然就兵败如山倒了。

听着肖默城发出像哄小孩儿一样的声音,苏晚忽然很安心,他想她,她又何尝不在想他呢。

一旁干看着的林庭深不满地咳嗽了一声："咳，还有人在呢，你们这样考虑过我的感受吗？"

　　肖默城抬起头看了他一眼，理所当然地说："这种时候你应该自觉地默默离开，顺便帮我们带上门。"

　　林庭深看着他们，撇了撇嘴，心想：不就是比别人多了个老婆，又不是多了不得的事，迟早我也领一个过来气死你们。

　　既然苏晚来了，林庭深自然可以功成身退，也不和他们打招呼，直接大大咧咧地回了家。

　　进小区的时候，正好撞见李怀儒，两人礼貌性地打了个招呼，却也没多说什么。不过就昨天的事情来看，丫头的魅力好像收服这块冰块了。

　　等着苏晚痛快地哭了好一会儿，肖默城才轻声说道："你再哭下去，我就快要饿死了。"

　　苏晚这才想起来，自己过来的时候因为肖默城说饿，还特意绕了点儿路去买了一大碗热粥，夏天倒也不会冷到哪里去，她赶紧拿出来，递给肖默城。

　　看着苏晚直接把粥递过来，没有要喂自己的意思，肖默城不满地扬了扬打点滴的手："你老公都这样了，你确定要我自己喝？"

　　苏晚这才意识到肖默城行动不便，只好拿出勺子，小心翼翼地喂着。

两人还是头一次做这样暧昧不明的事情，在他们的爱情中，苏晚一直就是横冲直撞什么都不知道的那个，而肖默城就是永远就是四平八稳的那个。他们从她喜欢他，到发生关系，再到结婚的这十几年里，都规规矩矩得像是在上课。
　　放在以前，哪怕是打点滴，就算是断了一只手，肖默城也一定会要求用另一只手拿勺子自己吃的。

　　肖默城眼睛直直地盯着苏晚，嘴一张一合地配合着她的动作。苏晚被他看得羞了，脸通红却又不知道怎么避开，只能看着越来越少的粥，憋着气喂着。

　　在最后一口喂完的时候，肖默城忽然一把抓住她的手，将她拉到自己怀里，在她唇上偷了个香，却没有深入。
　　贴着苏晚的耳边，他暧昧无比地说："今晚我要搬回去。"
　　沙哑的嗓音穿破耳膜，撞进心里，换作以前，肖默城绝对不会在她面前说出这样的话，更不可能做出这样的行为来。
　　苏晚忽然像是想起自己还在生气，一把推开肖默城，担忧地看着他："肖叔叔，你感冒是不是特别严重？"
　　"就是发烧，烧退了就好了。"虽然还有一点儿咳嗽，但是肖默城能够确定不过是个小感冒。
　　苏晚有些不相信，皱起眉头踌躇着问："可是……你今天很奇怪。"

肖默城这才想起刚才的所言所行，别说苏晚了，连他也不相信自己会做出这种行为来。可是不知道怎的，从他发现喜欢苏晚之后，他的身体对于这样的行为异常熟稔。

　　他假装咳嗽几声掩饰了过去，对苏晚说自己口渴了，让她给自己倒杯水。

　　苏晚审视地看了半天没有察觉到异样之后，才将信将疑地朝着饮水机走去。

　　晚上，肖默城顺理成章地再次住回了家里，这里本来只是他为了躲避母亲的唠叨买下的地方，没想到有一天会这么眷恋这里。

　　感受着这里的气息，他由着苏晚搀扶着走进卧室，本来只是因为烧刚退有些虚弱，后来才发现，这样将身体重量转移一部分在苏晚身上，看着她小心谨慎生怕把自己摔了的样子，简直太可爱了。

　　不过，苏晚可不这么觉得，本来肖默城说想她的时候还挺高兴的，可当她被他使唤了一下午，还要扶着他走那么长的路的时候，她就后悔了。肖叔叔这么重，她扶不住啊。

　　终于成功地将肖默城扔在了床上，苏晚也顺势倒在床上，不安分地半靠在肖默城身上，言归正传："肖叔叔，虽然让你住回来了，可并不表示那件事情就过去了。"

　　肖默城抓住把柄地问道："说到底你还是因为那个事情？"

"谁叫你没有提前告诉我。"苏晚翻了个身,瞪着大眼睛看着肖默城。

肖默城倒没有继续回答,反倒是话锋一转:"李医生是不是挺好的?"

苏晚本能地想要辩解,但是一想又觉得不对,随即探究地凑到肖默城面前:"肖叔叔,你在吃醋。"

她没有用疑问句,而是用的肯定句。

肖默城干咳了两声,装作没听见似的将脸转向另一边,不过看到的时候他确实有些生气。

见肖默城不说话,苏晚也没有深究,坦白承认:"李医生是去敬老院帮忙,我和他不过是盟友。"

"我只是觉得眠春一个女孩子,总是需要照顾的。"

"批准了。"虽然她不喜欢秦眠春,可总归不会自私到见死不救。何况,她家肖叔叔,她……

苏晚看了看肖默城,下着定论——勉强信得过。

"那你下次也不准和李医生单独出去。"

"为什么?"她都准他照顾秦美女了。

肖默城想了想,认真地说:"他对你图谋不轨。"

"哪有?"

"有的。"

……

/ 第六章
岂不我思，子不我即

01

因为感冒，肖默城被苏晚强制请了两天假待在家里，用苏晚的话说，心胸外科又不止你一个医生，倒了你千军万马接着上，但是家里却只有你一个。

难得肖默城没有搬出年龄这样的借口来反驳苏晚，任由着她又是做饭，又是熬汤的。

林庭深过来看过一次，最后被两人卿卿我我的样子给吓了回去，他还没有见过肖默城这么乖乖地任由苏晚摆弄过。

病假一完，肖默城和苏晚就又立即回到了同进同出的上班生活。前几天，大家还在猜测两人是不是吵架了，现在看来吵架的事情是被证实了，只不过没想到这么快又和好了。

李怀儒当然也看出了苏晚的不同，前几天不管做什么事情都打不起精神，今天一来就高兴得恨不得飞起来。

两人正好在值班室门口撞见，苏晚笑着打着招呼，相比较于刚认识时候的拘谨，两人现在的交流倒是显得自然得多。

李怀儒虽然还是一本正经的样子，可早就没有了之前的威严。苏晚一边嚼着不知道谁买来放在值班室的口香糖，一边说："李医生，早上好。"

"嘴里含着东西说话，就不怕噎到？"李怀儒板着脸，"今天没有手术安排。"

苏晚报以甜甜的笑："难得李医生也想休息，我是不是应该表扬一下。"

"看起来精神不错。"

苏晚这才想起前段时间因为肖默城的事情，总是心神不宁，一连在手术室里被李怀儒骂了好几次，就连赵倩都忍不住过来安慰她，问她哪里得罪了这尊大佛。

她面色诚恳地说："阳光明媚了，自然精神也就好了，你是医生，这个道理应该知道的。"

李怀儒倒也不和她过多地瞎扯，说了一句希望她能够继续保持之后，就转身朝自己办公室走去。

对于有些注定没有结果的事情，他认为不提起就是最好的处理方式。

在去首都之前，秦眠春联系了苏晚，也不知道她从哪里知道的号码。接到电话的时候，苏晚正好在值班室里准备下楼买晚餐。

秦眠春来找她是因为什么事？

"小晚，我们能见一面吗？"

还是秦眠春先开的口。

苏晚没有拒绝，她和肖默城有这么跨时代的进步，也少不了秦眠春的功劳。

苏晚想了想，道："我去北城找你吧。"

秦眠春倒是有些意外苏晚竟然会回答得这么爽快，这次回来两人就见过两次：一次是在北城偶遇，另一次就是那天在街上，但是从两次来看，她对自己的敌意都很大。

挂了电话，苏晚屁颠颠地跑到肖默城的办公室。

"肖叔叔，今天晚上我要去北城，你自己和林学长享用晚餐吧。"

肖默城抬头看了看门口的人，将手上的事情往旁边一放，才注意到已经快下班了，起身脱下白大褂："我送你。"

"不用，我自己坐车过去。"既然秦眠春越过他给她打电话，那就说明邀请人员里没有肖默城。

肖默城手上的动作一怔，不解地看着她："难道不是回妈那边？"

苏晚走过去凑到肖默城旁边，笑嘻嘻地说："妈随团在外省表演，还没有回到 C 市。你要是想念药膳了，我找地方帮你买回来？"

"有事不想让我跟去？"肖默城刮了刮苏晚的鼻子，话都说到这份上了，自然也知道苏晚想表达的意思了。

"你这是在担心？"苏晚笑了笑，然后把还停在自己鼻子上的手拍了回去，"总之呢，不是去见帅哥。"

话已至此，肖默城自然也不拦着，只是告诉她会等她回来。

02

到达约定好的地点的时候，秦眠春已经等在那里了。

苏晚直接在她对面坐下。

虽然苏晚已经没有刻意敌对，但这并不表示苏晚就能够跟她立马熟络起来。

"要吃点儿什么？"秦眠春问。

苏晚看了看她面前摆着的那杯免费茶水，知道她在等着自己点东西。苏晚从服务员那里拿来了菜单，点了两样清淡点儿的，才将菜单递给秦眠春。

"我点好了。"

秦眠春接过菜单，自己加了几个口味稍重的："叫你出来，都点我能吃的，那像什么话。"

苏晚倒也不拦着，反正自己已经为了照顾她，点了几个清汤小煮，至于她打算点什么，用什么来招待自己，那都是她的事情，自己没理由非要拦着。

上菜的间隙，秦眠春装作无意地问："还在和默城闹脾气？"

苏晚摇了摇头，老实地回答："算是结束了吧，我这人向来没有闹大脾气的本领。"

"那就好。"秦眠春像是忽然松口气一般，重重地点了好几次头，才接着说，"不然因为我闹得不开心，反倒让我觉得愧疚。"

苏晚却没有顺着她的话往下说，反倒是停顿了很久之后，才缓缓开口："难道你真的没有想过让肖叔叔回到你身边？"

秦眠春本来端茶的手顿在半空中，一闪而过的慌张很快被她遮掩住，眼睛警惕地看着苏晚。苏晚嘴边仍是浅浅的笑，似乎刚刚那个问题不是出自她口中。

她掩饰般地喝了口茶："小晚说的什么话，我今天就是单纯请你吃个饭，道个歉。"

苏晚只是笑笑，并没有回答秦眠春，首先她不想因为什么事情影响了这顿晚餐，同时，既然秦眠春不打算直接挑明，那就算是追问，她也未必会现在说。

见苏晚并不打算将话接下去，秦眠春也不好再多说，只能注意着苏晚的举动。

如果说，上一次两人见面是以苏晚的失败结束的话，那么这次苏晚想至少应该打个平手，每次都输，那也太丢脸了。

不过没想到，一直到这顿饭吃得差不多，秦眠春也没有再提过别的事情，平静得像是她真的只是单纯地请她吃顿饭。

"饭也吃了，有什么事情你就直说吧。"

最后还是苏晚率先开口，她可还没有修炼到能够在这里不言不语地无限对峙，有这个精力，她还不如回家睡觉。

"我想让你帮忙照顾一下凡凡。"

苏晚显然没有想到会是这个事情，脸上只剩下了疑惑，照顾凡凡？她和肖默城都忙得要死，哪里有空照顾别人，何况她的儿子为什么要自己来照顾？

秦眠春自然注意到了苏晚的疑惑，出言解释道："我要去首都一趟，到时候我妈要跟过去照顾我，可凡凡的学习不能耽误，我在这边能联系的也就只有你们，所以……我知道这个请求有些过分，可是……"

"我答应。"就在秦眠春心里没底地以为苏晚会拒绝的时候，苏晚居然同意了，而且任何推诿都没有。

这个小要求不答应，反倒是显得她小气得有些过分了。

正当秦眠春打算说谢谢的时候，苏晚打断她："不用说谢谢，我还没有这么小气。"

秦眠春也不好再说什么。

分开的时候，苏晚礼貌地道谢："谢谢你的招待。"

看着苏晚离开的背影,秦眠春站在原地停了好一会儿,才抬脚朝着家的方向走去。

苏晚今晚的表现倒是让她有些惊讶,她完全没有想到苏晚居然能够想到那一方面去。没错,她回来的时候,确实想过再次回到肖默城身边。

不管从外表看上去,她多么像一个女强人,可是说到底她也不过是一个女人。在她回来之前,是肖默城先找的她,她以为,肖默城心里多少应该还是有她的位置的,却不曾想,他对她已然只剩朋友邻里间的照顾,那些曾经看似对她的爱,早在这些年就转移到另一个人身上了。

而她却怨不得任何人。

回家的路上,苏晚在楼下水果摊买了些苹果。

肖默城正在书房查资料,今年C大医学院有几个老师出国学习,便让他过去再代一个学期的课,本来他就在医学院挂了一个名,代一下课也没有什么不可以,而且开学初期,有一堂给新生开设的公开课,于是他现在就变成了大忙人。

她将东西一放,洗了个苹果就去找肖默城。

本以为肖默城备课太认真应该不会立马注意到她,但其实她一到门口肖默城就已经停下了手上的事情,笑看着她,问道:"回来了?"

苏晚背着手走过去,既然那个事情已经答应了秦眠春,那自然还是要告诉肖默城，她想这也是为什么秦眠春会越过肖默城直接来找她的原因。

先搞定她，肖默城自然就不会拒绝了。

"肖叔叔，秦眠春要去首都了。"她用的是肯定句。

她笔直地站在肖默城的正对面，如果不是嘴里还在嚼苹果，样子看上去倒像是个听话的学生。

他朝苏晚招了招手："过来。"眼神里满溢宠溺。

苏晚甜甜一笑，保持着背着手的动作小碎步地挪过去。

不等她站定，肖默城长臂一捞，直接将她给拉了过去，坐在他腿上，本来被她藏在身后的苹果也落到了他手里。

肖默城毫不避讳地咬了一口苹果之后，才不慌不忙地说道："眠春的事情我已经拜托庭深了。"

交给林学长了？苏晚似乎有些诧异，难怪秦眠春会委婉地找到她了。

在肖默城怀里的苏晚，脸早已染上淡淡的粉，却还是闷闷地说："我又没有说不准你去照顾她，你这样，等下还说是我小气不让你去。"

"那哭鼻子又算什么？"肖默城笑着捏了捏她的鼻子。上次吵架的时候，明明强咬着牙，可那红透的眼眶，哪里不是哭过的样子。

苏晚不服气地噘着嘴，扮了个鬼脸之后，才缓缓地开口："她去首都那段时间希望我们照顾凡凡，我同意了，你应该也没有意见吧?"

肖默城眉毛皱成一团。他盯着苏晚的脸,像是在确定她到底有没有勉强。过了好一会儿,他才说:"既然你想好了,那就这么决定吧。"

苏晚巧笑着从肖默城的腿上站起来:"那个苹果就当是送给肖叔叔的了,感谢你不怪罪我擅做决定。"

肖默城扬了扬手,看着苏晚一蹦一跳地离开书房。

自那次说清楚之后,秦眠春的事情他已经都交给了林庭深,自然也没有刻意找她的理由。秦眠春也自觉得没有找他,却是和苏晚联系上了。

不过,这一切对他来说已经不是这么重要了,他可不希望再去吹上一夜的冷风。

03

谭谭谭的满月酒定在开学后,当天肖默城正巧要去C大上课。不知道为什么,本来无趣的理论课,却总是人满为患。

为此,苏晚相当不放心,倒不是对肖默城,而是对那些还活在幻想中的少女不放心,万一她们合伙围攻肖叔叔怎么办?

靠近门口的第一个座位,是肖默城明确表示要空出来的,这是他上第一节课就立下的规矩,保不准哪天苏晚忽然要过来,他得给她留个位置。

正巧当天要去舅舅家，苏晚就请了一天的假。护士长知道她这些天一直跟着李怀儒，干脆直接让她去问李怀儒。大专家点名要的人，她可不敢随意处置。

本来苏晚已经做好了磨破嘴皮子的准备，没想到一开口，李怀儒就同意了。

这下倒好，她可以去听一下肖叔叔讲课，以前都是肖叔叔就一些手术实例来做学术演讲，现在可是真真正正的上课呢。难得再回去冒充一回学生，自然不能浪费机会。

肖默城的课讲到一半，就发现他预先空出来的位置上冒出了一个人，他嘴角微微扬起，轻咳了一声，板着脸道："刚才进来的那位同学，请你说一下，代谢性酸、碱中毒的临床表现。"

刚一坐下的苏晚还没来得及回味一下课堂的滋味，就直接被肖默城吓得愣在那儿。她自然知道肖默城是在故意整她，不就是他第一次上课那会儿她有手术没有来嘛，可他也没必要在这么大的教室让自己出丑吧。

苏晚脑子里仔细回忆一下前几天偷偷看肖默城课件时看到的东西，幸好她当时聪明记住了，现在正好是用的时候。

"代谢性碱中毒的表现为血液中 HCO_3^- 过高（大于 $27mmol/L$），$PaCO_2$ 增高（pH 值大于 7.45），但按代偿情况而异，可以明显过高；也可以仅轻度升高甚至正常，本病临床上常伴有血钾过低。至于代谢性酸中毒是细胞外液 H^+

增加或 HCO_3^- 丢失而引起的以原发性 HCO_3^- 降低（小于 21mmol/L），以及 PH 值降低（小于 7.35）为特征。在代谢性酸中毒的临床判断中，阴离子间隙（AG）有重要的临床价值。按不同的 AG 值可分为高 AG 正常氯型及正常 AG 高氯型代谢性酸中毒。"

肖默城很满意苏晚这么流利地说出这些很专业的答案，可脸上的表情却依旧严肃："很好，这就是我这节课要讲的代谢性酸、碱中毒的临床表现。"顿了顿，他像是忽然想起什么，"还有，那个位置……"

肖默城故意说得很慢，因为这句话，在座的所有人才忽然意识到，这位忽然冒出来的人，正坐着肖默城特意空出来的位置上。

就在大家都以为肖默城会让她移个位置的时候，只听见肖默城笑着说："没事，你坐吧。"

在大家诧异的目光中，肖默城已经开始认真地接着讲课了。而那个不过回答一个问题，就得到肖默城这样青睐的学生，此刻正认真地注视着肖默城。

下课之前，肖默城问大家有没有问题要问。

被全班逼迫，推推搡搡站起来的班长一脸不情愿地举起手："肖老师，你不是说那个位置不让坐人的吗？"

本来正在挑照片的苏晚闻言抬起头，听了他的一节课，临近下课的时候,她才迅速地掏出手机,拍了好一会儿,现在照片都没来得及挑完呢。

"这个位置不可以坐吗?"苏晚没有加称呼,在外人看来,显得她根本没把肖默城放在眼里。

"我没说不让坐人,而是该坐那个位置的人来了。"肖默城自然不会在乎这些,反倒像是很乐意似的,笑着和大家解释,"和大家介绍一下,这是我的第一个学生,也是很重要的一个学生。"说话的时候,明显在看着苏晚。

肖默城已经从C大毕业好几年了,关于他的消息,早已经被一批批新人给取代了,大家自然也就没有听过他的那些事情,可今天这样,明白人自然也看出头绪了。

一下课,两人十分默契地一起离开教室,虽然没有太多亲密的动作,可眼里眉梢流露出来的东西,是遮也遮不住的。

何况还有特意留个座位这样的事情做铺垫。

路上,苏晚满意地发完了朋友圈之后,才装作无意地问:"那个位置是专门给我留的?"

"难道我还会给别的人留位置?"

这个回答苏晚还算勉强满意,又紧接着问:"可我什么时候是你学生了?"虽然她也想过让肖叔叔当自己的老师,可她都毕业了也没等到,想想都觉得遗憾。

就这个问题,肖默城还是回答得很慎重的,仔细地想了想,认真道:"我没有记错的话,从小学三年级开始的寒暑假作业,到中高考时候的笼统复习,包括后来大学的考试重点,好像都没少了我的功劳,这样算,你当然是我的第一个学生。"

苏晚仔细一想,按照肖默城这么说,算起来他确实是自己的小老师,而且教了自己十几年。

得到满意答案的她自然不再多问,干脆拿起手机,直接找阮季聊天去了。

04

这次的满月酒,没有大办,只是家里的人坐下来吃个饭这么简单,除了阮季那边的一些亲戚,谭梓陌这边的亲戚也都过来了,苏父苏母自然也在邀请之列。

在去的路上,两人顺道在母婴店给小姑娘买了两套衣服。苏晚看上了两个小书包,说一起买下来,一个自己留着,到时候有机会背出去,想想就温馨。

苏晚不过是随口一说,但是听到肖默城耳里,就别有深意了,想起前段时间阮季还说着如果两家的孩子年龄相差不大,可以一起接送上下学的事情……

此刻正捧着自己喜欢的东西满心欢喜的苏晚,当然不会注意到这些,光想着谭谭谭看到这些东西说不定会笑嘻嘻地同意让自己抱抱。

果然,一到那儿,苏晚就直接抛下肖默城去找阮季了。

他俩之前吵架的时候，谭梓陌也隐约听到了一些风声，但通过这么多年与肖默城的交往，自然也知道不会是什么原则性的错误，却还是忍不住问道："有时候，真觉得你像是被全世界绊着，一点儿也不潇洒。"

肖默城微微挑眉，朝苏晚的方向看了看："眠春现在这样，让我放着不管，总归是做不到的。"

"我可什么都没说啊。"谭梓陌才没空管他们之间的那些破事，爱怎么样怎么样，总归那把火是烧不到自己这里的。当然，这也是他对两人的信任。

肖默城自然也不会在这种事情上再做过多的解释，如果经过这么多年的相处，还不能让人相信另一个人的话，那两人也就太疏远了。

吃饭的过程中，肖默城问苏父苏母今天住在哪儿。他们也就过来住一晚，因为饭庄那边走不开，他俩也没打算打扰这小两口，说住在外面的酒店。

两人吵架的事苏父苏母也听说了些，但就今天的表现来看，又没看出什么，想来该是和好了，那他们也就没有什么好说的了。没有求救，那就说明事情还没有到不可挽回的地步。

既然苏父苏母已经安排好了，肖默城也就没有刻意再说什么，将他们送到酒店后，再绕路回家。

晚上，苏晚靠在床上看小说，早前拿的那本外国小说已经看完了,现在不知道她又从哪个角落里翻到了一本小说。

肖默城这才恍然发现,苏晚好像很久没有出去找她的那些朋友玩了。

最后肖默城还是没有问为什么,因为他还有另一件更重要的事情要说。

"小晚,我们也要个孩子吧!"斟酌了一番之后,肖默城认真地说道。

本来正在看书的苏晚明显一怔,在很久之前,她也曾提过这事。当时肖默城说的是她还年轻,并不着急,现在怎么忽然又拿出来说?她可不相信是因为今天的满月酒而刺激到的,要知道当初阮季可不止一次顶着大肚子建议过,他都无动于衷的。

"肖叔叔,你不适合讲笑话。"苏晚微微抬头看了他一眼,又继续将目光放回了那本书上。

书里的情节这么吸引人?肖默城还是第一次被苏晚这么明目张胆地忽视,气得他一把将她手里的书扯掉,扔在飘窗上。

他盯着苏晚,极为认真地说:"这是我就之前你提出的那个建议的回答,没有半点儿掺假。"

苏晚盯着肖默城,心里揣测着,看来他这次的确被阮季给刺激到了,嘴上却还是逞强道:"肖叔叔,我不着急。"

"可是我着急。"说着,不等苏晚做任何回答,肖默城已经扣住她的头,吻向她的双唇,辗转着、缠绵着……

秦眠春在首都的安排很快就下来了，能够这么快就挂到专家号，定然是少不了林庭深和肖默城的功劳。

苏晚和肖默城一起去机场送秦眠春。

秦眠春大概已经将事情和凡凡说过，所以在苏晚告诉他要在自己家里住一段时间的时候，他并没有哭闹，很是听话。

肖默城简单地和秦眠春道了个别，林庭深办事，他没有什么不放心的。

秦眠春很是慎重地将苏晚介绍给了凡凡："这是小晚姐姐，是肖叔叔的老婆，妈妈去治病的这段时间，你就住在他们家。"

苏晚摸了摸凡凡的头，蹲低身子与凡凡平视："凡凡会听妈妈的话，乖乖地住在姐姐家里的吧？"

"是阿姨。"凡凡强调着，小脸上写满了认真，"肖叔叔的老婆应该叫阿姨。"

苏晚笑着揉了揉他的头发，并没有反驳，这还是她第一次因为别人叫她阿姨而开心呢。

见此，秦眠春也不好再说什么，只得笑着说："那就麻烦你们了。"末了对凡凡说，"记得乖乖听话。"

到底还是个孩子，本来已经乖乖待在苏晚身边的，一听妈妈说这样的话，立即跑过去，抱住妈妈小心翼翼地问："我要是想你了，可以去找你吗？"

"妈妈很快就回来。"秦眠春将他抱起来，安慰道。

虽然很舍不得,可凡凡还是忍着眼泪,点了点头:"那我等你回来。"样子很是让人心疼。

大概是怕再不走凡凡就该舍不得了,秦眠春没有过多停留,将他放回地上,亲了亲他的脸颊,对苏晚和肖默城说:"谢谢。"然后对已经乖乖回到苏晚旁边的凡凡挥了挥手。

05

肖母终于结束了这次的南行,出差了将近一个多月,一回来就听说秦眠春的孩子现在由他们在照顾,二话没说,连家都没有回,直接让人开车将她送到医院。

肖默城显然没有料到母亲会突然来办公室找自己,当时他正从住院部回来,一来就看见母亲正端端地坐在沙发上。

他心里犯疑,瞧着母亲的样子就知道有事要说。

他淡定地将手上的东西放在办公桌上,再顺便倒了杯水。

"妈,你怎么过来了?"他将水递给肖母。

"眠春的孩子现在在你那儿?"肖母也没打算拐弯抹角。

凭肖默城对母亲的了解,当然知道她想说什么了,便也干脆地承认:"是,这事不是我做的主,小晚答应的。"

"小晚为什么会这么做,我记得她们俩关系没有这么好。"肖母一改平时的温婉,严肃地板起脸,"你没有结婚,怎么照顾眠春都可以,就算是娶她回来,我也不会含糊半句。可是你现在是别人的丈夫,这样做像话吗?"

见肖默城不说话，肖母也不再那么严肃，却还是苦口婆心地劝："我知道你和眠春从小关系要好，可现在你是小晚的丈夫，就算小晚知道，听着别人的那些风言风语的，心里总归不好受。"

"妈，这些我都知道。"想起前些日子两人吵架的事情，肖默城也觉得有些愧疚，他应该一开始就和苏晚说，后面也就不会弄出这么大一个误会来。

该讲的已经讲了，肖母也没打算继续唠叨，毕竟都是这么大的人了，点一下就够了，不然还会被嫌弃管得太多。

"那我先回家休息了，周末抽空过来吃饭。"

见母亲要走，肖默城也跟着起身，作势要送她，还没开口，就被她拦住了："不用送我，我自己打车回去。"

这样，肖默城也就不好再说什么，只得叮嘱："路上小心。"

下班的时候，苏晚才听说肖母来过，不高兴地扁着嘴巴过去找肖默城："肖叔叔，妈过来了，你为什么不叫我？"

肖默城正好在整理东西，这段时间，因为要去接凡凡放学，没有什么特殊的事情，他都不加班。但苏晚不一样，三班倒，加上跟着李怀儒，该忙的时候，还是需要忙的。

"妈过来教训我，你也想来体验一下？"

教训他？自己混迹肖家这么多年，她还没有见着肖母教训人。平时就算肖默城考差了，那也是肖父管着，肖母一般只负责在旁边看看,今天是因为什么事情,特地跑到医院来教训他?

"妈也有教训人的时候,像妈那样的人,就算是教训人都应该很美吧。"苏晚暗自想了一下,脑补着肖默城说的那个场景。

"那你下次试试?"肖默城笑着刮了刮她的鼻子,"我去接凡凡,累了就来我办公室。"

"你又不在。"苏晚赌气。

肖默城伸手摸了摸苏晚的头:"我不在,但是沙发在。"

晚上,已经下通知说没有什么事情,可以在值班室休息,苏晚正打算一个人去肖默城的办公室休息,因为他办公室的沙发很大,睡一个人正好。

意外的是,有一个孕妇不小心在浴室滑倒,孩子已经七个月了,只能现在进行手术。

苏晚匆忙赶到值班室,二话没说就直接去手术室门口等着。

李怀儒早就已经等在那儿,看见苏晚跑来,便说:"病人还在路上,你没必要这么着急。"

苏晚这才舒了口气,小声地嘀咕:"还以为今晚应该不会很忙的。"

"进入医院就应该知道,意外本来就比计划多得多。"

李怀儒的语气像是一个在教导学生的老师。

苏晚赶紧配合地点着头:"所以李医生应该好好珍惜我站在你边上帮你递东西的日子。"

没想到李怀儒根本就不配合,低头玩着手机,淡漠地说:"这个不算意外,我本来就没有打算在 C 市逗留。"

所以,是她自作多情了?

她不满地扁着嘴,愤愤地说:"那李医生就更应该珍惜我们之间的同事情谊了。"

"嗯,以后我的手术都是你跟。"

苏晚恨不得给自己抽一巴掌,为什么非要在这种时候提这个?这不是给自己挖了一个坑吗?还不得不跳下去的那种。她只得干笑两声,不往后面接话,搬起石头砸自己的脚,知道滋味就可以了。

救护车来得很快,一停下就将病人直接往手术室送。

李怀儒和苏晚早就已经准备好等在手术台旁了,病人一来,迅速开始手术。

手术倒是没有多大的难度,只是婴儿在母亲肚子里长时间缺氧,一出来脸都憋紫了,孩子立即被送到儿科,进行治疗。

李怀儒看着几乎虚脱的苏晚,安慰道:"你现在可以放心休息了。"

苏晚躺在手术旁边的椅子上,完全不想动,懒洋洋地说:

"让我先在这里躺会儿，李医生，我有一个问题要问你。"

在李怀儒好奇的目光中，苏晚哀怨地问："你是怎么活过来的？"

李怀儒作势想了想，竟然认真地回答："为了钱。"

嗯？苏晚诧异地转过头，显然没有想到李怀儒会有这样的回答，像他这种社会主义接班人的工作态度，难道不应该回答为国为党为人民吗？

"没你想得那么伟大，但也没有那么龌龊，我又不是神，人们见到我也不会给我特例。我当然只有好好工作，拿到应得的钱，过想要的生活啊。"

苏晚仔细一想，确实也是这么回事，只是明明是很庸俗的话，从他嘴里说出来，好像并没有那么让人厌恶。

"李医生，其实你说话还是很有魅力的。"

李怀儒笑了笑，不再说话，却也没有离开，这是为数不多的能够安静地和她坐在一起的时间，他很珍惜。

苏晚是真的累了，今天上了一天的班，加上现在整整一天没有休息过，大半夜还要爬起来。他知道刚才手术的时候，她有多小心，恨不得把自己的每一根神经都绷着，以求不出错，现在才不过在椅子上靠了会儿，居然就直接睡过去了。

李怀儒无奈地摇了摇头，实在熬不住难道不会和他说吗？

苏晚醒来的时候已经是第二天早上。发现自己居然躺在李怀儒办公室的时候，吓得她怔在那儿好半天，才尴尬地打着招呼："李医生，那个我……不好意思。"

"还好，抱你进来的时候是半夜，没人看见。"李怀儒还是很有精神的样子，在那儿整理病历资料。

她要问的又不是这个。

苏晚干笑两声："李医生一晚上没睡？"

李怀儒手上的动作明显一顿，他解释道："我去值班室睡的。"

苏晚一颗悬着的心这才放下来，想着李怀儒现在的心情应该不错，是个出去的好机会，不然说不定又得挨一顿教训。

"李医生，那我交接班去了。"说着，她起身朝门口走去，到门口的时候，又像是想起什么似的回过头，"以后少熬点儿夜。"

李怀儒木然地抬头，望着已经看不到她身影的门口，心跳像是慢了半点儿，她这是在关心自己？

他苦笑着，关心又怎么样，那也不过是同事情谊。

苏晚一出去，正好被一同值班的赵倩拦住。自从上次去听过音乐会之后，苏晚就一直让自己忙得像个陀螺，两人也就没有机会撞在一起闲聊。

听说她和肖默城吵架之后，赵倩去找过一次她，不过最终被她三言两语就给打发掉了。苏晚认为，那是她和肖默城的事情，没必要逢人就说。

"你一晚上都和李医生在一起？"赵倩一副严刑逼供的样子。

苏晚想了想应该不算，她睡在他办公室，他睡在值班室，完全不搭边。

"没有，我为什么要一晚上和李医生在一起？"

苏晚表情诚恳到完全不像是在撒谎，倒是让赵倩有些疑惑了，她嘴里念叨："不存在啊，我明明看到你从李医生办公室走出来的。"

苏晚没好气地戳了戳她的额头："我只是在他办公室借宿了一晚，他则是在值班室睡的。"

这下，赵倩更加疑惑了："不对啊，值班室明明被我占着。"

值班室被她占着？苏晚下意识地看了看李怀儒的办公室，那也就是说，他又一晚上没休息？

这样想着，苏晚心里不免有些不好意思，对一旁的赵倩说道："你要是真的关心李医生，建议你现在就去给他泡杯咖啡，他会很喜欢的。"

说完，不等赵倩回答，她就已经快步离开了这里。李怀儒最近的表现让她有些疑惑，好像关心她，可又不像。

/ 第七章
我心匪石，不可转也

01

现在已是九月，太阳却丝毫没有减弱它的威能，不过好在时间还早，倒也感觉不出很热。

苏晚在回家的路上买了些早餐，昨晚虽然忙了大半夜，躺了会儿后，也就没那么累了。

她到家时，肖默城已经醒了。她将早餐往桌上一摆，就直接往浴室走，准备洗个澡后睡一觉。

出来的时候，凡凡已经和肖默城在吃早餐了。

凡凡住在他们家很听话。

苏晚把客房收拾出来了给他，他平时也就是看看书，大部分时间都在写作业。苏晚不禁感慨，现在小孩子的作业真是多得让人害怕。

和他俩打了个招呼，苏晚就回房间睡觉去了。难怪当初阮季千叮万嘱让她不要报医学院，现在看来，都是经验之谈。

睡了几个小时被饿醒的苏晚准备出门吃东西的时候，接到来自阮季的电话。

"小晚，你在哪儿？"

"家里啊,怎么，天塌下来了？放心，我哥会帮你顶着的。"苏晚给自己倒了杯水，一饮而尽。

阮季不屑地冷哼一声："我们出去逛街吧，正好我请了半天的假。"

说起这事，苏晚不止一次嘲笑过阮季，因为生了小孩儿的缘故，谭母对阮季一改之前的和蔼，严格控制阮季的饮食作息，就是为了让她能够最快将身体调养回来。这事也获得了阮母的认同，于是自此以后，阮季只要单独出去，都需要请假。

"那我是不是应该恭喜你，看来舅妈今天心情不错。"说话间，苏晚已经闪身回到房间，开始换衣服。

阮季无奈地哀叹一声："除了我,我们家谁的心情都很好。"

阮季将车开到楼下来接她，这段时间大家都在忙，她倒是有些日子没有见到阮季了。

天天被关在家里的阮季，被谭母养得白白嫩嫩的。

一上车，阮季就递过来一大包从家里带过来的零食，大概是知道她下了晚班之后，还来不及吃午饭，装作无意地开口：
"听说肖师兄前女友的孩子在你这儿？"

苏晚倒是毫不介意阮季这么表达，反正传言秦眠春确实算是肖默城的前女友，但是她知道，秦眠春当时正准备出国，根本就没有心思谈恋爱。

"阮阮嫂子，就你获得这个消息的速度，恐怕还比不上肖叔叔他妈。"

"我这不是一知道就请假出来见你了嘛！"

苏晚极为不相信地冷哼一声："阮阮嫂子，你要是想念外面大好世界的美食，就应该找个正当点儿的理由，比如为了我国的GDP生产总值什么的。"

"那些都太虚了，我是听说北城新开了一家烤肉店，这不邀请你出来共享。"

苏晚笑了笑，没有往下接话，拆了一包阮季递给她的小饼干，配着一瓶酸奶，津津有味地吃起来。确实是有点儿饿了，她担心自己撑不到烤肉店。

这家烤肉店开在北城的步行街，倒不是很难找。只是，苏晚一进去正好撞见李怀儒也在里面，想起早上赵倩说的那句话，觉得还是有必要过去打个招呼的。

"没想到你居然还会花时间来这里吃顿饭。"苏晚淡然地走过去。

李怀儒礼貌地冲阮季点了点头,才回答苏晚:"朋友新开的店,送了几张优惠券,就想过来看看。"

"那李医生慢用。"末了,她又补了一句,"对了,谢谢。"

"不用谢。"

有些事情是不需要点破的,比如现在,两人都知道彼此说的是什么事情,那就只要大家明白就可以了。他也知道今天早上让她安心时撒的谎根本瞒不了多久。

阮季看着两人像是在说密语一般地对话,摸不着头脑地问:"你什么时候打算学习佛法,皈依佛祖了?"

苏晚不屑地冷哼一声,得意地说:"我这人呢,什么都不信,只信肖叔叔。"

"没出息。"阮季毫不客气地打击。

02

结账的时候,才被告知她们这一桌已经付过款。

两人随意地在街上逛了逛,苏晚想着阮季请假的时间应该快到了,就想着干脆跟阮季一起回谭家。

至于那顿被人告知付过款的午餐,两人也没有刻意提起。年轻漂亮的女孩子,有人喜欢那也是天经地义的事。

正当苏晚打算回家的时候,就接到了凡凡学校的电话。

凡凡住过来这么久,苏晚还是第一次接到学校老师的电话,所以接到电话时她紧张得有些不知所措,将手机放了好几下才总算放进了包里。

慌乱的她只得在路上拦出租车，打算先去学校看看，可有时候越是等某样东西的时候，就越是等不到。

拦了几次没有拦到车的苏晚几乎绝望了，正当她打算掏出手机给肖默城打电话的时候，身后忽然传出一个声音。

"出了什么事情？"

苏晚本能地抬起头，看着车里的李怀儒，整个人才稍微放松下来，眼泪差点儿就要夺眶而出。

她委屈地说："老师说，凡凡不见了。"

原来，老师打电话来告诉苏晚，凡凡今天中午吃完中饭之后就不见了。一开始，老师以为他自己在学校里玩，可是这都上课了，也还是没有见到凡凡，这才给苏晚打来电话的。

凡凡？李怀儒有瞬间的疑惑，他并不知道凡凡是谁，可即便不知道具体情况，但就苏晚这个紧张的程度来看，也知道是很重要的人。

他赶紧将车门打开，对苏晚说："你先上车，有什么事情车上再说。"

坐在车上的苏晚还是很紧张，语序混乱地将事情简单地说了一遍之后，嘴里一直念叨着怎么办。

大致听明白的李怀儒一边开着车一边安慰："先别着急，我们先去学校看看，你现在给肖医生打个电话。"

现在毫无法子的苏晚，只能听他的话，给肖默城打了个电话。

结果，肖默城的电话关机了，苏晚担忧地望着李怀儒："关机了。"

不知道是并不觉得事情很糟糕，还是事情和他没有联系，李怀儒只是淡定地安慰她："可能正在手术室，你发条短信，他过会儿看到应该会回你的。"

苏晚现在连打字的手都是颤抖的，等自己平复之后，才哆哆嗦嗦地给肖默城发了条短信。

苏晚很少送凡凡去学校，虽然一开始是她答应下来的，但相较之下，凡凡与肖默城接触得多一些，自然和肖默城亲近些，加上肖默城最近时间也多，所以都是肖默城送他去上学的。

凡凡的老师也有些慌，自凡凡转学过来，他在这边一直表现得都很乖，老师也很喜欢他，发生了这样的事情，自然也不好和家长交代。

还是李怀儒比较清醒，询问了一下情况之后，就让大家先在学校附近找找。

门卫那边已经问过，中午的时候，确实有个孩子说过要出去，当时他说是要回家一趟，门卫也就没有太当回事，哪知道一直没有回来。

03

肖默城刚从手术室出来，一开手机，提示音就不断地传出来，脸色随着消息变得阴沉。

他赶紧给苏晚打了个电话。

"小晚，你现在在哪儿？"他语气里是无法掩饰的焦急。

接到电话的苏晚已经在学校附近找了一个多小时了，听见肖默城的声音，她就连忙说："我在学校附近，沿着回家的路也找了，没有看到，我不知道凡凡平时喜欢去哪儿，我根本不知道去哪儿找……"

肖默城听见苏晚略带哭腔的声音，心也跟着揪了起来，可凡凡到底能够去哪儿呢？

"先别着急，我现在就过来，你要不先回家，免得凡凡回家了见不到人。"

兴许是听见了肖默城的声音，苏晚才渐渐平静下来，好像整件事情有了肖默城的加入就会变得简单起来一样，她安慰自己，肖默城和凡凡关系好，应该知道凡凡会去的地方。

既然肖默城已经来了，也不好再麻烦李怀儒。

"李医生，肖叔叔已经过来了，你……要不先回家休息吧，毕竟昨晚一晚上没休息好，下次请你吃饭。"苏晚真诚地感谢着，脸上写满了不好意思。

这些看在李怀儒眼里，就像是要将他踢出门外，对于他的帮助，她会觉得不好意思，会觉得亏欠，甚至迫不及待地想偿还回来。

而他只能点着头，故作冷漠地接受，甚至不能让她察觉到一丁点儿的异常。

嗬！没想到他也有这么傻的时候，却又傻得心甘情愿。

"我没事，你现在去哪儿找？"他忍不住问了一句。

"我还是在这附近找，李医生，再见。"

李怀儒微微点了点头，道："那我先走了。"

肖默城的一个电话，她就像是吃了定心丸一样，一扫前面的紧张，这种被当作神一样的相信，是他永远也渴求不来的。

他留在这里已经没有了意义。

和李怀儒道了别的苏晚，继续在这附近找着。即便肖默城已经说了让她回家，可人是她当初答应照顾的，现在出了任何事情她都要负责的。

何况，她还没有傻到被肖默城随便一骗，就乖乖回家。一直以来都是肖默城接凡凡上下学，凡凡根本就不知道他们家的地址，又怎么可能自己回去呢。

苏晚想起那次偶遇秦眠春的地方，脑子里忽然闪过什么——她怎么忘了，凡凡不知道她家的地址，但是肯定知道他自己家的地址。

在她赶过去的路上，肖默城打电话过来，说是找到凡凡了。

苏晚心里攒着的一股气像是霎时泄掉一样，整个人瞬间放松下来。肖默城问她在哪里，她将地址报过去之后还不到十分钟,肖默城就出现了。

像是前面攒下的所有眼泪一瞬间溃堤一般,被肖默城抱在怀里的她呜咽地哭着,肩膀一耸一耸的,让人心里一惊。

肖默城轻轻地拍着她的背,安慰道:"没事的,都找到了,都找到了……"

过了好一会儿,苏晚才放松下来,可怜兮兮地抬起头,看着肖默城:"你不知道,我都吓死了,凡凡要是不见了,我要怎么像秦眠春交代啊?"

"凡凡只是想妈妈了,他自己能够找到回家的路,我在他家门口找到他的。"他温柔地安慰着,并不讲凡凡其实是他在火车站找到的,凡凡一直吵着要去见妈妈,竟然一个人跑到火车站去了。

苏晚扁了扁嘴,只得随着肖默城回到车内。凡凡好像是因为太累而睡着了,但是睡得并不安稳,偶尔嘴里还会冒出几句妈妈。

回到家,凡凡大概是意识到自己闯了大祸,就怯生生地吃了晚饭,然后回房间休息。

苏晚见他这样,也就不忍心再说什么。她让肖默城照顾凡凡,自己则回房间去了。

肖默城一直将凡凡哄睡之后才过来,看见苏晚正靠在床上闭着眼睛,像是在等他的样子。他轻声唤道:"小晚?"

"肖叔叔,你过来了!"苏晚明显一怔,将自己撑起来一点儿,她知道,肖默城应该是有事要和她说。

肖默城迅速地打开已经提在手上的医药箱,从里面拿出碘酒和棉签:"把脚伸过来。"

苏晚明显一怔,原来他注意到了,因为找凡凡的时候太匆忙,她不慎跌倒了。这个细节连一向细致的李怀儒都没有注意到,而她不过是跑过去抱住他的时候慢了点儿,他便看出来了。

她只得将脚从被子里伸出去,刚才太累了,连她自己都给忘了,现在提起来确实有些疼。

"肖叔叔,我……"

肖默城打断道:"我知道你要说什么,这件事情又不怪你。何况,凡凡今天早上是我送过去的,出了什么事情也都应该是我的责任。"

"可是秦眠春那边……"

毕竟答应了帮别人照顾孩子,却出了这样的意外,她心里多少还是有些过意不去。

肖默城小心翼翼地帮她处理了脚上的伤口。

"凡凡好像很想见眠春,刚好我过段时间有空,就带他过去看看眠春。"

对于肖默城的这个提议,苏晚没有异议,毕竟万一凡凡以后再闹什么的,也不好处理。

"那你就尽快抽个时间吧,免得凡凡天天心里念想着。"

肖默城还是有些顾忌的,有些担忧地看着苏晚:"小晚……"

"今天的事情已经够吓我的了,你知道我一听到老师打电话过来的时候,有多慌张吗?幸好当时李医生在附近,肖叔叔,我们还是晚点儿要孩子吧,有些慌。"

肖默城收拾好东西,将苏晚抱在怀里,轻笑着说:"这就怕了,早晚都要经历的,你应该祈祷孩子早点儿来,趁着我还跑得动。"

苏晚显然对肖默城这样的自我否定很生气,厉声喝道:"肖叔叔!"

肖默城笑着摸了摸她的头:"睡吧!"

04

苏晚当天值的是晚班,吃了中饭以后才去的医院。她一去,就听见李怀儒办公室里传出吵骂声。她看了看站在门口探头探脑的一个个,自己也忍不住好奇地张望了一下。

里面的孕妇好像有些脾气,一个劲儿地说着不管怎么样也要留下小孩儿。

苏晚拍了拍一旁的赵倩:"怎么回事?"

"一个孕妇,好像是得了什么病,李医生让她把孩子打掉,然后接受治疗,她不肯。"赵倩不耐烦地解释完之后又继续看热闹去了。

就这样?苏晚看了看热闹的人群叹了口气。

苏晚还来不及摸清事情的来龙去脉,就看见办公室的门忽然打开,大家已经早有防备一溜烟地散了,而苏晚,还没来得及跑,就被李怀儒逮住了,直接扔进了办公室。

"你去和她谈。"

李怀儒烦躁地松了松衬衫的扣子,面色阴沉地在一旁坐下。

苏晚只觉得后背冒冷汗。

谈?

谈什么啊?

苏晚现在是丈二和尚摸不着头脑,还不知道什么孕妇得的什么病呢,就这么被他扔了进来,拿什么谈啊?

"那个……"苏晚瞥了一眼病历单上的名字,小心翼翼地说,"宋女士对吧,李医生是我们这里最权威的妇产科大夫,我想您应该听取一下他的建议。"

"你和他是一伙儿的?"宋女士盯着苏晚,看了好几眼,谨慎地问。

苏晚本能地点了点头,随即一想又觉得不对,赶紧摇头。

"不管是不是,你都和他说说,我已经三十好几了,好不容易怀上,如果现在打掉,后面还不知道什么时候能够怀上呢。"宋女士可怜兮兮地哀求着苏晚,眼神里流露出来的祈求作不了假,"你也是个女人,应该知道这些的。"

苏晚果真心软了,求救般地看着旁边的李怀儒。这种事情她应付不来啊,李怀儒明显是在整她嘛。

眼见着李怀儒是不会来帮她的了,苏晚也只好硬着头皮说:"抱歉,我非常能够理解您,但是我了解李医生,知道一定是在慎重考虑之后,才做出的决定,希望您能理解。"

见苏晚和李怀儒一样固执,宋女士干脆撒起泼来:"我不管,就算是不要我这条命,我也要生个孩子。"

"你这样子根本就不能生孩子!"

刚想劝她的苏晚,被李怀儒忽然冒出来的声音吓了一跳,愣在那儿左右为难。她还是头一次见李怀儒发这么大的火,恨不得将眼前的人生吞活剥似的。

宋女士瞪了李怀儒一眼,也不管苏晚的阻拦直接起身离开。

苏晚无奈地看着李怀儒,眼神里似乎在问这是怎么回事。

李怀儒将病历单往她手上一丢,意思是让她自己看。

看着病历单上潦草的几个字,苏晚不免有些疑惑:"建议去做个TCT?"

"嗯,我怀疑她有宫颈癌,可是她好像执意要生孩子,这已经是她换的第四家医院了。"

苏晚拿着手里的病历单像是拿着一块烫手的铁一样,她没有想到会是这样的情况,如果确诊是宫颈癌,那就表示,宋女士这辈子都不能怀孩子了。

显然,李怀儒和她想到一块儿去了。

苏晚将病历单往桌上一扔。

"我去把她找回来。"

看着她飞快冲出去的身影,李怀儒唤道:"苏晚,谢谢。"

咦?苏晚回头时,李怀儒已经坐回了位置上,根本没有看她,她只好扁了扁嘴,下一秒就冲了出去。

大概是怀着孩子不方便,苏晚追到楼下的时候,宋女士也才到楼下,似乎一点儿都不意外苏晚会追过来,问道:"替李怀儒来说情的吧?"

啊?苏晚愣在那儿,这又是怎么回事,她认识李怀儒?

"你告诉他,这个孩子我生定了,他就算是杀了我,这个决定我也不会变。"

苏晚总算是看出一点儿眉目了,难怪李怀儒会这么上心,原来是认识的啊,却还是劝道:"呃……我们先不讨论这个问题。"大概还想着宋女士和李怀儒认识的事情上,苏晚没头没脑地来了一句,"宋小姐,我以后能够偶尔约你见个面吗?"

"宋灿,李怀儒的……后姐。"宋女士盯着苏晚看了好一会儿,忽然想起某天早上,她在李怀儒家电梯门口遇见的一个姑娘。她狡黠地笑了笑,从包里掏出名片,"我的电话号码,记得打电话给我。"

苏晚礼貌地收下,心想着,难怪李怀儒对她这般胡搅蛮缠,也还是忍着不发火，换作旁人，恐怕他就直接扔下不管了。

"宋小姐，我想还是得麻烦你再去做个检查，非常重要。"

05

肖默城打电话才知道，凡凡从学校离开的那天，秦眠春突然出现了短时间的休克，看来母子连心也不是没有的事。

简单地将这边的事情处理了一下，肖默城就立即准备带凡凡去首都，当天恰好苏晚在职班也就没有去送，不过离开的时候凡凡还是过来就上次的事情说了对不起。

苏晚也不是什么小气的人，何况对方还是一个小孩子，她笑着摸了摸他的头："那件事情叔叔阿姨会帮凡凡瞒着，但是叔叔阿姨也希望凡凡以后不要再做这样的事情，妈妈会担心的。"

凡凡郑重地点了点头，像个小大人的样子，伸出手指和苏晚拉钩，这是来自一个小孩子最真诚的承诺。

临走时，肖默城抱了抱苏晚，舍不得地在嘴上讨了点儿好处，揉着苏晚的头发说："我将凡凡送过去之后就回来。"

"我又没有说什么，等下人家又会觉得我是一个小气吧啦的人。"苏晚故意板着脸。

"可是我会想你。"肖默城刮了刮她的鼻子，重新将她推回卧室，"你再去睡一会儿。"

既然如此，苏晚也就不好再说什么，冲着凡凡挥了挥手，转身回到卧室。

飞机大概是上午十点就到了首都。首都的九月比C市要凉爽，凡凡都忍不住瑟缩了好几下，肖默城给凡凡找了件外套披上，立即给苏晚回了个电话。

苏晚还在睡觉，迷迷糊糊地接了电话，含糊地应了几句，便没了声音，肖默城只好无奈地挂了电话。

肖默城想起出门之前，林庭深特意嘱咐的不能去了那边就忘了丫头。他十分无奈，不过是把凡凡送过来，能够有多大的事儿。

秦眠春一点儿也不意外他的到来。目前她已经进行过几次手术了，现在还不能说话，只能写字交流。

"我很好。"

肖默城看了看旁边的凡凡，这样让人放宽心的话，一听就知道不是说给他的，他是医生，他们之间根本不需要聊病情。

"凡凡，妈妈跟你说她很好。"

秦眠春刚过来那会儿，还没有进入手术期，一般会在晚上和凡凡通个电话。

后来因为手术的问题，秦眠春不能说话，和凡凡的电话也就断了，也不意外凡凡会因为想念她而从学校逃走，这还是他第一次离开秦眠春这么久。

凡凡听话地点了点头，乖乖地坐在一旁，握着秦眠春的手，也不说自己有多想她,只是静静地看着她。

秦母刚好从家里熬了些汤过来,大概是担心凡凡会去吵秦眠春,就带着他出去了。

"医生和我说过你的情况,前面几次的局部切除并不是很成功,你也知道,你在美国做过一次相关的手术,这次本来就是复发,医生也只能谨慎处理。"

秦眠春看着肖默城认真分析病情的样子,忽然有些无奈,他们之间,已经只剩下讨论病情了,还真是有些让人难以接受。

"我的嗓子应该好不了了吧。"

秦眠春没有用问号,就算医生不说,她也知道的,当时来的时候,医生也说过,如果运气好,还是能够让嗓子恢复到以前的百分之七十,可现在都做了几次切除了,以后还能不能够说话很难说。

"医生说,并不影响正常的交流。"肖默城微微笑着,却让秦眠春感觉到了疏远。

"肖默城,你不爱一个人的时候,真是冷漠至极,也不知道苏晚怎么受得了。"

长久的沉默之后,肖默城淡淡地说:"我带你出去走走吧。"

秦眠春看了看一旁的轮椅,今天阳光正好,到现在也还不是太灼人,母亲整天为了她到处忙,根本没有什么机会推她出去,这样困在病房确实有些闷了。

她没有反对,即便他们之间已经只剩下了朋友情谊,她还是很珍惜的,他是那个在她最困难、最难受的时候守在她身边的人,哪怕现在与他已经只剩下了这些。

因为他爱上了苏晚,很爱……

她已经挤不进去半点儿位置了。

大概是为了让病人住在这里有一个舒适的环境,这家医院的绿化做得很好,高大的香樟树,阳光在林荫小道上落下点点,不远处的桂花树已经飘香,如果不是在这里看病,秦眠春想,这样的场景应该挺温馨的。

肖默城将她推到一个湖边的时候停下,周围也有零散几个出来晒太阳的人。

这次回来,她没有问过肖默城有没有因为她的离开而愤怒过,因为这些都不重要了,他们之间从来就没有谁欠谁的。

心甘情愿,何来亏欠?

"听说你和小晚还没有办婚礼的,打算拖到什么时候?"秦眠春缓缓地在本子上写着,两个人这样无声地对话,她总还是有些不适应。

肖默城看了一眼,点着头很郑重地说:"已经在筹办了,不过一直瞒着小晚,我想她应该会喜欢。"

她没有想到肖默城居然还有这样的小心思,不禁苦笑一声,接着问:"那小孩儿呢?"

"小晚年纪还小,我们想着顺其自然,反正也不着急。"

原来这些事情都已经列入两人的行程，那她就真的没有干预的必要了，肖默城这个人认真起来，是不管任何阻力因素的，这点她很清楚。

秦眠春没有再写东西，肖默城也没有再主动说话，该知道的已经知道，至于其他的，就没必要知道得太过清楚了。

06

凡凡被秦母带出去之后没有再回来，林庭深早就帮秦母在医院附近租了个地方，来回不过十几分钟，很方便。

最后，肖默城还是将凡凡从学校里偷跑出来的事情和秦眠春说了，建议这段时间还是让凡凡待在首都。

秦眠春没有意见。

简单地帮秦母处理了一些事情之后，周一清早，肖默城就回到了 C 市。

苏晚当天上早班，大清早的就已经洗漱好，往医院赶去。肖默城来找她，她并没有提首都的事情，肖默城告诉她，他把凡凡偷偷从学校跑出去的事情告诉了秦眠春。

苏晚有些苦恼，说凡凡要是知道了，一定会觉得她不守信用。

肖默城安慰似的摸了摸她的头："那不守信用的也是我，你可是连首都都没有去。"

一旁的赵倩难得看到肖默城主动来找苏晚，忍不住打趣："肖医生这是思妻如狂啊，我还纳闷，上周末小晚怎么会有机会让我请了去呢。"

原来,周末的时候,正好赵倩喜欢的那个乐团帅哥来找她,赵倩觉得孤男寡女不能够单独出去,就拖着苏晚一起去。

想着一个人在家也无聊,又是去混吃喝,苏晚就没有拒绝。

肖默城眼神凌冽地看向苏晚,他没有记错的话,她可是告诉他,她一个周末都在家里看电视的。

苏晚示意赵倩该干吗干吗去,然后觍着笑对肖默城说:"出去看了一场实景剧,应该不算瞒着你做坏事吧。"

肖默城显然不相信:"那你怎么说你在家里看电视?"

"那不是怕你担心嘛,人家可是大帅哥,又会拉大提琴,又请客吃饭的……"

"所以……你就瞒着我去了?"肖默城半眯着眼睛。

苏晚立即竖起手指发誓:"我真的只是去吃了一顿饭,没有做任何别的事情。"

肖默城不相信地冷哼一声,转身朝楼下走去,不管苏晚在后面撕心裂肺地喊着:"肖叔叔……你怎么就不相信我呢?"

看着肖默城消失在楼梯间,苏晚闷闷地转身,结果一头撞上一个人,吓得赶紧往后退了几步。

"小护士?"宋灿小心地护着肚子,探头望了望楼梯处,"怎么,男朋友不要你了?"

苏晚甜甜地一笑,摇着头回答:"是老公。"

宋灿不相信地上下打量着苏晚，一脸惊讶："你才多大，就结婚了？"

"二十一，已经可以结婚了。"

宋灿想起李怀儒在前些日子和自己说起工作的样子，莫非……她几乎脱口而出："李怀儒也知道？"

苏晚认真地点了点头："全医院的同事都应该知道的。"

知道？可是看李怀儒那满脸怀春的样子，怎么看都不像知道啊，宋灿疑惑地想着。

"有问题吗？"苏晚皱着眉头问。

宋灿淡然地笑了笑，迅速换了个话题："上次检查的结果应该出来了，李怀儒叫我过来拿，你要去听听吗？"

关于宋灿身体的毛病，李怀儒今天一早就已经告诉她了，让她到时候务必去办公室，虽然不知道李怀儒为什么会觉得她能够劝住宋灿，但是既然李怀儒都这么说了，她也就不好推辞。

"那我就去偷个懒。"

一进去，苏晚就觉得九月的天像是下了一场冰霜，周围的一切都变得异常寒冷。

苏晚使劲儿给李怀儒使眼色，大概的意思是要不要自己出去把个门什么的，免得大家都又围在这里听故事，没想到李怀儒好像根本就不在意，将病历单朝宋灿丢过去。

"你自己看看，你可以说前几次诊断错误，难道我的也会出错?"

宋灿接住后不过瞥了一眼,不屑地说:"字这么差,谁认识啊。"

"宋灿,你不要无理取闹,你爸多在乎你你应该知道,你要是在我手上有个万一,你让我怎么和你爸交代?还有你老公,到时他任务完成回来看到你这样,铁定把你直接拎进手术室。"

"那你就不会把万一变成一万吗?那可是你的侄子,你要是没本事,我再去找别人去。"宋灿也来气了,愤怒地瞪着李怀儒。

眼见着宋灿抬脚就往门外走去,苏晚赶紧眼疾手快地拦住,笑嘻嘻地说:"宋小姐你先别发脾气啊,李医生那也是担心你,你现在怀着孩子,不宜生气。"

宋灿冷着脸哼一声,看着苏晚,说道:"你去告诉李怀儒,要留我和他侄子一起留,不然我就和他侄子一起死。"

"宋灿,你别太过分了。"李怀儒冷着脸。

宋灿不甘示弱:"那我就是这么过分,你又能怎么办?"

李怀儒烦躁地瞪了一眼她,掏出手机:"那我现在给你爸打电话,你自己和他说。"

"你敢!"

苏晚算是见识了,看着他们两个大眼瞪小眼的,现在也只能她来收场了。

苏晚叹了口气，捡起被两人丢在地上的病历单，讨好似的冲他们笑了笑，轻咳一声："那个，我说两句。"

"宋小姐，我想李医生应该和你说过病情了，可你必须要知道，现在你肚子里的肿瘤会因为怀孕而加速增长，和孩子一起争夺营养，这是很危险的。"瞧着宋灿的脸色，苏晚谨慎地提议，"孩子也已经这么大了，你不如先在这里留院观察，李医生会视病情再来和你说的。"

宋灿这次倒是没有骂，只是将脸撇到另一边不看李怀儒。

在苏晚的示意下，李怀儒只好先去给宋灿办了住院手续，就宋灿现在这个样子，一时半会儿恐怕是说不通的。

07

下午一下班，苏晚就主动请罪去了，她还没见着肖默城这么生气过。

路上，撞见一脸幸灾乐祸的林庭深，苏晚恨不得扑上去揍一顿，重点是他嘴里还说："小丫头，你家肖叔叔是不是在生你的气啊？"

废话，这种事情还需要你特意拿出来说吗？苏晚没好气地瞥了他一眼："就算肖叔叔在生我的气，你也是没有机会的，还是主动放弃去找个大美女吧。"

林庭深不屑地冷哼一声："说得好像谁都想在肖默城那

里分一杯羹似的。"

"别人我不知道，但是你，极有可能。"说完，苏晚趾高气扬地朝着肖默城办公室走去，把林庭深远远甩在身后。

林庭深无奈地摇了摇头，不知道这小丫头为什么这么笃定自己在肖想她家肖默城，如果他真的有那方面的倾向，怎么还会把肖默城完好无损地留给她？

本来还很得意的苏晚一到肖默城办公室门口就怂了，站在门外踌躇了好一会儿才敢打开门，结果一开门，就看见肖默城正站在门边饶有兴致地看着她。

已经到了这个地步，伸头缩头都是一刀，苏晚也只能硬着头皮环上肖默城的手臂："肖叔叔，我们回家吧。"

肖默城故意将脸扭向一边，冷哼一声，却还是关上门，任由苏晚挽着自己。

一路上，苏晚都在耐心地解释真的没有对那个帅哥抱有任何想法："人家是赵倩的朋友，我去不过是凑个人数，你说那一大桌子的，吃不完多浪费啊。"

"人家浪不浪费需要你操心？"

"可我那不是懒得自己做饭嘛。"苏晚嘟着嘴委屈地说，"谁叫你又不在家。"

趁着红灯，肖默城转过脸探究地问："难道我们家已经穷到要去别人饭桌上蹭饭了？"

"肖叔叔，你是不知道当时的情况，盛情难却。"

"我知道……"肖默城故意将尾音拖得很长，末了之后不管苏晚再说什么，坚决不回一个字，直到将车开到那天和赵倩他们吃饭的地方。

中午的时候，肖默城已经通过赵倩了解了当时吃饭的种种事情，包括是在哪家餐厅。

"肖叔叔，我们不用这么浪费来这里的，我又没有嫌弃你做的菜不好吃。"

站在门口的苏晚怯生生地解释着。

她还真的没有见过肖默城这么生气过，难不成跟男生吃顿饭就惹到他了，可是明明以前她就算是一晚上不回来，说一声就没事了的啊。

肖默城不过看了她一眼，就抬脚往里面走去，嘴里轻飘飘地冒出一句："放心，我有钱。"

唯今之计，也就只能跟着肖默城，能屈能伸君子也，她还就不相信肖默城真的会把她怎么样。

当然，这个想法在她进来十分钟后就打消了——肖默城今天的架势恐怕是要撑死她啊！

苏晚赶紧说道："肖叔叔，我一点儿都不饿，你不用点这么多的。"

"我饿了。"

这……好吧,她还能说什么呢?早知道会这样,她当初就不应该贪图小便宜出来吃饭,更不应该贪恋美色和帅哥多说了几句话,还在做了这些之后瞒着肖默城。

最后,苏晚死缠烂打地退了一大半菜品,才将最终敲定的菜单递给服务员。

菜一上来,肖默城慢条斯理地吃着,将一大半的菜都推到苏晚面前。

"今天好好吃一顿,让你知道,我们家什么都能吃得起,免得总是想着别人家的东西。"

"肖叔叔,我错了。"苏晚看着眼前的东西,眼神哀怨地认着错。

"吃吧。"肖默城浅笑着说,"慢慢吃,我不着急的。"

他这个样子,看在苏晚眼里就像是戴着面具的魔鬼。原来肖叔叔生气,后果会这么严重。

看着肖默城铁了心的样子,苏晚只好委屈地吸着鼻子,扁着嘴哀怨地开始吃。

她上辈子到底是造了什么孽啊!

谁来救救她这个快被撑死的女人啊!

08

最终在苏晚至少不下十次的哀求之后,肖默城勉为其难地让她不用吃了。

由着肖默城扶着出去的苏晚暗暗发誓,小帅哥什么的,以后都去见鬼吧。

躺在副驾驶的苏晚,温柔地抚摸着感觉会被撑破的肚皮,谨慎地问肖默城:"不生气了?"

"我没有生气,只是告诉你谁的钱可以花。"

"可是,我是被邀请的,邀请知道吗?"

肖默城轻轻瞥了她一眼,反问道:"你是在嫌弃我们家的钱太少了?"

这个……苏晚瞧了瞧肖默城的脸色,这种问题能够正面回答吗?何况她根本就没有仔细算过。

"肖叔叔,我错了,我们跳过这一节好吗?"

肖默城冷哼一声,没有往下接话,一副还是很生气的样子。

回到家,趁着肖默城不注意,苏晚悄悄地给阮季发了条短信。

除去几百字的感叹词之后,阮季终于从里面提炼出关键词来,大致意思就是肖默城现在很生气,而她应该要怎么样才能够平息这场火焰。

阮季拿着手机,不禁想了想肖默城生气会是什么样子,探出头问了问正在哄着谭谭谭不亦乐乎的谭梓陌:"喂,女人惹男人生气了什么方法能够瞬间化解?"

"你想要表达什么?你做了什么惹我生气的事吗?"谭

梓陌回答得很不用心。

阮季立即不高兴了。

都说产妇的脾气很大，在家里关了这么久，她的脾气只会更大，她板着脸严肃地说："谭梓陌，我在问你正事。"

谭梓陌终于暂时将视线离开谭谭谭，想了好一会儿，慎重地回答："你自己做过的，那招最有效。"

她做过？再看谭梓陌暧昧不明的眼神，阮季瞬间想起她冲动地跑到B市的那次，可是这个她应该怎么跟苏晚说呢？

斟酌了好久之后，阮季只回了一个字："你。"

肖默城将晾在阳台的衣服收了进来，就看见苏晚的手机响了，心里犯疑，这么晚了，还有谁会找她？

身体的动作已经战胜了理智，他直接点开那条消息，发现竟然是阮季的消息。

小师妹？不在家好好带孩子，大晚上的聊什么天，好奇心催使着他必须去看看。

苏晚顶着湿漉漉的头发从浴室出来，结果发现肖默城居然正在看她的手机，想起自己进浴室之前给阮季发的消息，千万不能让他看到啊。

在苏晚拿回手机之前，肖默城已经顺利地阅读完了她们整个的聊天过程。他将手机还给苏晚，一本正经地说："小师妹的方法确实可行。"

什么？

苏晚抢过手机一看，本来还不甚了解的她在看到肖默城似笑非笑的眼神之后，立即明白了过来，恨不得找个地洞钻下去，着急地解释："肖叔叔，那个……我……呃……"说着一溜烟地钻进被子里，"我吃多了，我要睡了。"

肖默城倒也不介意，拿起衣服走向浴室，进去时提醒："头发没干，睡了容易感冒。"

一直到外面没有动静，苏晚才敢从被子里探出头来。

朝浴室的方向张望了一下，苏晚迅速地找到吹风，心想着，肖默城应该不会这么快出来，何况两人都已经是夫妻了，发生些什么那都是天经地义的事，没什么好怕的。

有了这样的心理暗示之后，苏晚立即硬气了起来，可是手上的动作却没有因为这个而慢下来。

不过，事情并没有像她想的那般顺利，今晚的肖默城洗得相当快，不等她吹到一半，手里的吹风就被抢了去。

肖默城的手指温柔地穿梭在她的发间，他的指甲修剪得很平整，被伺候的苏晚感觉很舒服。

"肖叔叔，你还在生气吗？"苏晚讨好似的问，脸上的笑容痴痴的，看得肖默城心间一暖。

肖默城面色平淡地收拾好东西，钻进被窝，淡淡地说："我一直就没有生气，不过是让你知道既然我能够养活你，就不要妄想着别人锅里的东西。"

苏晚扁了扁嘴，心想着，他自己不也去陪了秦眠春两天，她可是一句怨言都没说呢。

"你明明知道我……那么喜欢你，何况，你当初不还说，如果遇到了合适，有愿意接受我的人，可以和你商量的吗？"

肖默城将她抱在怀里，笑着说："其实我现在真的很想回去揍一顿说这种话的人，你是我的妻子，我怎么会让你有机会在外面拈花惹草？"

"那你不也被很多小护士迷恋！"苏晚没好气地说。

"那我也只会娶一个小护士。"

苏晚知道不管自己怎么说都是争不赢肖默城的，干脆闭嘴准备睡觉，不过肖默城没有给她这个机会。

"这样就结束了？我记得小师妹不是这么教你的啊。"

"肖默城！"

苏晚被肖默城说得脸红，愤愤地瞪着他。

当然，肖默城毫不害怕这只孬不起毛的小花猫，反而觉得逗她是一件很好玩的事情。

09

国庆节的时候，苏晚和阮季商量之后，决定去饭庄。正巧苏父打电话问她能不能回去，事情也就水到渠成了。就这样，几人撇下谭谭，高高兴兴地出去玩了几天。

接到宋灿的电话时,苏晚有些意外,毕竟按照李怀儒的性子,现在的她应该被绑在医院的病床上。

挂了电话之后,苏晚来到与宋灿约定的地点。

见面之后,宋灿说:"小护士,我们去看电影吧,听说最近上映的一部片子很好看。"

宋灿的肚子已经很明显了,像她这种应该连细微震动都该小心翼翼的人,现在应该躺在床上直到生产最为保险。

她自然看出了苏晚眼里的诧异,安慰性地拍了拍苏晚的肩膀:"放心,我都这么坚强,他应该也不会弱到哪里去。"

不会弱到哪里去吗?苏晚想说什么却又憋了回去,最终还是伸出手扶着宋灿。宋灿不怕,可她怕呀,万一让李医生知道,非扒了她的皮不可。

不过,除了看电影外,可乐、爆米花,都是苏晚在吃,宋灿说吃那些对孩子不好。

电影其实也就那样,一群年轻人谈情说爱。

宋灿看得很认真,快结束的时候,她转头问:"如果同时遇见李怀儒和肖医生,你会选哪个?"

苏晚明显一怔:"我知道李医生很优秀,但是,这世上没有如果。"

宋灿觉得没意思,也就没有再问下去,只是开始絮絮叨叨地说着李怀儒的事情。

原来,李怀儒的父母离婚后,他被判给了父亲,然后一直跟着爷爷奶奶生活,而他妈妈嫁给了宋灿的父亲。两家人平时没有什么联系,李怀儒的妈妈也就是在过年的时候会寄些钱回去。李怀儒倒也没有就此疏远谁或者亲近谁,只是在他的妈妈犯病的时候一直陪在她身边。

他们也是那个时候,才真正见上了面。

"其实他看上去清清淡淡,有时候还有些不通人情,不过,他的确是个很善良的孩子。"

苏晚点了点头:"李医生内心很善良的,只是平时不会表达出来。"

宋灿本来还想说什么,最终却还是止住,笑着说:"回去吧,不然李怀儒一定会把全世界都通知过来的。"

苏晚点了点头,给李怀儒打了个电话。

听说宋灿跑出去,李怀儒立即想要骂人,不过还是忍住了,只是让她们在那边等着,他马上过来接她们。

最后,李怀儒接着宋灿回了医院,苏晚直接打车回去了。

/第八章
谓予不信，有如皦日

01

苏晚再去学校找肖默城的时候，那一群比她小不了几岁的学生就已经直接改口叫她师母了。苏晚红着脸趴在桌子上，心想着，早知道就不来找肖默城了。

反倒是肖默城一脸淡定，一本正经地点了点头，继续讲自己的课。

今天正好周五，肖母特意打电话叫他们回去，肖默城很快应了下来。

苏晚跟在肖默城后边，想了好久才记起来，今天是肖父的生日。大家平时都在忙，苏晚这人向来对这些不敏感，有时候连自己的生日都会忘记。

她这辈子，唯一记得最清楚的居然是谭梓陌的生日，因为那一天她需要避开与谭梓陌的任何接触，免得无知无觉地就被他给坑了去。

不过肖默城也不介意她不记得这个事，至于别人的，肖默城都会帮她记住，甚至连苏父苏母的，他都记得。

礼物是肖默城挑的，至于是什么，苏晚没操心，不过她自己还是给肖父买了一个足浴盆。

出于对苏晚的尊重，肖默城并没有说什么。

一到肖家，桌上已经摆满了一桌子饭菜，肖父热情地招呼他们进去，告诉他们肖母今天难得下厨。

苏晚很少见肖母下厨，但是一下厨，必定是大阵仗，而且样样好吃的那种。

饭桌上，肖母无意提到婚礼的事情。

当时两人结婚结得仓促，房子什么的都是事先准备好的，倒也没有什么不方便，加上肖母一直尊重两人，也就没有管他们的任何决定，只在心里盼着能够早点儿抱到小孙子，现在又看着隔着一个小区的谭母天天在那儿"遛"谭谭谭，心里更是痒痒的。

肖默城含糊地应着，总不能说所有的东西都在准备了，甚至连日子都已经挑好，就差把事情安排妥当后，给苏晚一个惊喜吧。

苏晚听话地坐在一旁不发表任何看法，心想着，她和肖叔叔已经是夫妻了,有没有婚礼那都不重要了。

当然,肖母还是不厌其烦地催了一下小孙子的事情。

晚上,苏晚坐在车里,不由得感叹:"肖叔叔,我怎么觉得妈这一顿像是鸿门宴呢。"

"来的时候,你就应该知道,吃人的嘴短,拿人的手软。"肖默城浅浅地笑着,倒好像很乐意吃这样的鸿门宴似的。

苏晚故作惆怅地叹了口气,靠在座位上没一会儿就睡着了。这段时间,因为宋灿的事情,她也没有怎么休息过。

02

随着胎儿越来越大,宋灿的情况只会越来越危险,她这样的病例在C大附院这样的综合性医院也算少见,所以上头的领导都很重视。

这段时间,只要苏晚去找李怀儒,他就一定是在盯着宋灿的病情看。宋灿的丈夫是个军人,近段时间刚好进行训练,忙到脱不开身,她大概也是想瞒着先把孩子生下来,否则,她老公铁定为了她不要孩子。

"李医生,你又一晚上没有睡?"

苏晚刚到值班室,就撞见李怀儒从办公室出来,衣服还是昨天穿的那件。

他见到苏晚,礼节性地点了点头:"帮我看着点儿宋灿,我换件衣服就过来。"

看来昨天晚上他又折腾了整整一个晚上没睡。

看了下今天的工作任务，苏晚抽空去了一趟宋灿的病房。

明明前段时间还神清气爽的宋灿，现在虚弱得只能躺在病床上。苏晚走过去，将从食堂买来的早餐放在床头柜上。

宋灿的婆婆从宋灿住院开始，就也住了过来，对宋灿很好，每天忙东忙西，求了好久才让食堂单独开了个小灶，每天炖着营养汤，只可惜宋灿不怎么吃得下。

"能够吃下一些东西吗？"苏晚一去，就让宋灿的婆婆先下楼吃点儿东西。

宋灿摇了摇头，想了想，又点了点头，示意苏晚将病床摇高一点儿，好方便吃东西。

看着她现在这个样子，苏晚也觉得心疼。

看着她小口小口勉强地吃着东西，苏晚不由得说："当初就不应该心软，劝李怀儒帮你留下这个孩子。"

宋灿咧出一个笑来，安慰道："放心，孩子出生后，我一定让他好好感谢你，让他叫你干妈。"

"先不说孩子出生，你现在照顾好自己就可以了。"见着她居然还在笑，苏晚立即板起脸，连说话的语气都重了几分，"昨天吐了一晚上？"

宋灿摇了摇头："也没有，后半夜好很多。"

看着她这副样子，苏晚也不忍心再多说什么，只得说道："想吃什么，我让李怀儒帮你买过来，你现在这样，真是……"最终苏晚只是叹了口气，盯着她把东西吃完，就去值班室了。

孩子月份大了，肿瘤也大了一些，本来就偏瘦的宋灿，现在连眼窝都陷了进去，不过她倒是满脸幸福，完全沉浸在当母亲的欣喜里。

中饭之后，苏晚又去看了一眼宋灿，李怀儒也在病房里。

苏晚不好意思地看着李怀儒，当初李怀儒坚持要在那个时候就给宋灿做宫颈癌的治疗，结果被她一拖，竟然成了现在这样。

为了不影响宋灿休息，苏晚也只是说了几句就离开了，她前脚一出来，李怀儒也跟着出来了。

"苏护士，陪我走走？"

走走？苏晚虽是疑惑，却还是点了点头。

十月下旬，天气还是挺好的，天天朗朗晴日，穿一件长袖就已经够了。

"苏晚……"

"李医生，那个……对不起。"

李怀儒自然知道她指的是什么事，像她这种永远藏不住事的性格，能够憋到现在才道歉，已经很不错了。

"当时我在知道这个事情后，的确冲动了些，宋灿已经三十好几了，和老公又聚少离多，好不容易有个孩子，何况宫颈癌的治疗可能会导致不能再怀孕。"李怀儒郑重地说，"所以，应该是我谢谢你。"

苏晚不好意思地挠了挠头发，笑着说："难得听到李医生说谢谢，我是不是应该拿手机录下来？"

李怀儒已经恢复成原来的样子，脸上也没有什么多余的表情，没有应和她的话，只是安静地注视着前方。

过了好一会儿，他才缓缓地说："宋灿的事情一结束，我可能会提前准备返回首都。"

"不是说过来一年吗？"苏晚脱口而出。

李怀儒点了点头："C大附院的妇产科又不缺一个医生，当初本来就是院长强行从首都将我调来一年，现在首都那边有事让我回去，就不拖着了。"

"你其实不愿意的，所以才会在刚来的时候看不惯我们妇产科的任何人？"

说起这事，李怀儒立即正经起来："我是一个医生，不会把这些情绪带到工作上去。"

苏晚无奈地挑了挑眉，不打算往下接话，现在这个气氛挺好的，她没必要煽风点火。

03

十一月底，那天是今年C市第一次受到寒流袭击，天气冷得连一向不是怎么怕冷的苏晚都不得不穿上厚外套。

宋灿肚子里的孩子折腾得很猛烈，当时李怀儒正好做完一个手术，连手术服都没来得及换下，就听说宋灿刚刚上完厕所后回来晕倒了。

这已经不是宋灿第一次晕倒了，因为营养不足等问题，她已经长时间出现头晕乏力这样的问题了，但是由于胎儿还不满七个月，保险起见，哪怕医院的医生都已经准备好了，却都没有说立即手术。

整个妇产科的医生，在经过短暂的商量之后，决定立即进行手术——首先，肿瘤已经不小了；其次，孕妇身体吃力，已经不能拖了。大家都担心如果时间再往后面拖，只会对孕妇更加不利。

这场手术安排的是李怀儒主刀，由经验丰富的许医生担任副手，还安排了工作年限较长的护士长做配合。

从得知这个事情，一直到进入手术室，李怀儒没有多说过一句话，整个人严肃得不行。虽然李怀儒平时对待手术的态度也很认真，但苏晚还是能够感觉到他的紧张。

为了不给他增加压力，苏晚只好跟在一旁不说话，她还没有傻到这时候影响他。

起先整个手术进行得很顺利，小孩儿顺利剖出来，生命体征都算正常，只是有些虚弱，被立即送到儿科。

一切都按照着预期的计划进行着，直到在对宋灿进行癌变细胞切除的时候，宋灿的心率突然下降。

由于这段时间，肿瘤的迅速增长，宋灿的身体状况已经变得很差了。

本来就绷着神经的苏晚听着来自李怀儒的命令挤着血袋，可是效果并不明显，在看见心电监护仪上面的线条忽然变成了横线，她几乎愣住，紧张地看着李怀儒，几乎条件反射地惊呼出来。

李怀儒只是简单地看了她一眼，吩咐了一句："苏晚从现在开始退出这场手术，在旁边看着。"随即淡定地指挥着其他人进行抢救。

苏晚本来就害怕的内心，现在更恐惧了，她听话地退到一旁，一动不动地盯着心电监控。

随着除颤仪的电量一次次加大，心电监护仪上面却没有任何反应，苏晚忽然觉得头皮发麻。如果宋灿在这个时候发生不测，她要怎么面对李怀儒，这对李怀儒又会造成什么样的打击，她不敢想。

时间一分一秒地过去，直到宋灿在许医生和李怀儒手上再次恢复心跳，心电监护仪上面的数据显示恢复正常，好长一段时间后，苏晚才缓了过来，可是李怀儒明显感觉到苏晚在发抖。

　　手术终于在一个小时后结束，看着因为麻醉效果还在昏睡中的宋灿，苏晚忽然像是泄了气的皮球，整个人瘫在了地上。
　　就在刚刚，她才意识到自己做了一个多么错误的劝诫，如果当时出现什么意外，李怀儒、宋灿，包括那个刚刚出生的小孩儿将会面临什么样的后果。
　　她恍惚间意识到生命的脆弱，意识到李怀儒前段时间刚说的那个意外，哪怕他们做了那么充分的准备，在意外来临的时候，大家还是会应接不暇。
　　"吓到了？"也不管地上有多脏，李怀儒也在苏晚的旁边坐下，刚刚那个情况，不说苏晚一个刚刚来医院不算上实习期才不过大半年的人，就是他都有一瞬间的慌张。
　　宋灿的身体状况究竟怎么样他们都知道，那么弱的身体进行手术，是随时都有可能出现任何意外的，这一点他相当清楚。
　　当时如果不是凭借着这么多年手术的经验，他想他也会手足无措吧。
　　苏晚半天才回过神来，看着李怀儒的眼神充满歉疚："李怀儒，对不起。"
　　说着她整个人像是忽然释放了，眼泪完全不受控制地流着，吸着鼻子的样子更是让人心疼。

"这……又没有训你,你哭什么?"

苏晚哭得更厉害了,幸好现在大家都出去了,手术室附近也没有什么人。

犹豫了好几次,李怀儒才终于微微伸出手,小心地拍着她的后背:"我又没有怪你。当时我是考虑到你没有经历过这样的情况,所以才安排你在旁边看着,何况手术主刀的是我,出什么事情那也是我头一个顶着。"

苏晚哭得更加放肆了,她最受不了的就是在这种时候还受到安慰。

不知道哭了多久,苏晚才渐渐缓和过来。

她有些不好意思,挣扎从地上站起来,深深地向李怀儒鞠了一躬:"李怀儒,谢谢你。"说完便转身朝楼下走去。

看着身边已经空出来的位置,李怀儒苦笑着,这大概是他和苏晚唯一一次最亲近的交谈了。以至于后来很长的一段时间,他都在想着,如果当初他没有放任自己的感情像杂草一般肆意生长,离开的时候心里会不会好受得多。

他坐在那儿贪婪地闻着,仿佛这里还弥留着苏晚的气息。

直到路过的护士提醒他:"李医生,宋灿的家属在找你。"

李怀儒这才反应过来,看了看窗外因为下雨而变得阴沉的天,他居然连身上沾着血的手术服都还没有脱下来,就在这里呆愣愣地坐了这么久。

04

　　肖默城看着慌乱闯进自己办公室的人——身上的手术服都没来得及脱下，脸上也是泪痕斑斑，眼眶通红。

　　"怎么了，连手术服也不脱。"虽然像是训斥的语气，却夹杂着满满的爱意。

　　苏晚拍着上下起伏的胸口，说："肖叔叔，我们要个孩子吧，尽快。"

　　他们妇产科今天进行大手术的事情，他也略有耳闻，只是她现在这样是怎么了？

　　虽然满腹疑惑，肖默城还是郑重地点头："好。"

　　苏晚松了一口气，冲着肖默城傻傻地笑："不骗我。"

　　"嗯。"

　　肖默城点了点头，放下手上的工作，将她推到他们这层的手术室门口，贴心地帮她脱下手术服，这才说："想说的时候再告诉我。"

　　苏晚点了点头，想着，等她想说的时候，他应该已经知道原因。

　　宋灿的事情除了让她当时一下吓到了之外，也让她忽然意识到有些事情是无法预测的，她没办法知道后面还会发生什么样的变故，这就是李怀儒说过的意外。

　　是啊，在医院工作的人应该知道，治不好的疾病成千上万，而医生并不是神，他们只能尽自己的能力，挽救病人。

肖母肖父年纪都大了，有的事情，如果早就已经准备好了的话，那就不要让它有任何变故的机会。

那天晚上，明明摆着一大堆的事情需要处理，可是肖默城却早早地回了卧室。随便一问也能够将手术室发生的事情了解清楚，何况当时现场还有那么多目击者。

想起她是头一次遇见这样的情况，就算是心理素质再强大，恐怕也会有些受到惊吓吧。

他将苏晚抱在怀里，小声地安慰："你也不用这么紧张，当年小师妹遇见的时候，可是吓得连手上的东西都握不住的呢。你也知道纸上谈兵和真正应战的时候是不一样的。"

苏晚扑哧一声笑出来，心想着，要是阮阮嫂子知道肖叔叔正在拿着她的事情当笑话说，她会是什么样的表现。

"那你呢？"

肖默城仔细地想了想："当年是师父带着我，我完全就是在旁边递东西。当时出现那个状况的时候，师父只说了一句话。"

"他说了什么？"

"让你长点儿见识。"

苏晚不相信地问道："真的？"

肖默城点了点头："师父可是很厉害的心胸外科专家，

什么大风大浪没见过,应该是习惯了。"

"所以我应该没有表现得很丢脸吧?"苏晚想了想,小心翼翼地问。

肖默城笑着摸了摸她的头:"没事,我们家又不需要女强人。"顿了顿,将被子往上扯了扯,盖好,"累了一天,早点儿休息吧。"

05

林庭深听说了那天手术室的事情之后,一上班就特地来到妇产科,手里拿着一瓶酸奶,算是安慰。

"丫头,怎么样,大场面还是挺刺激的吧!"

苏晚不屑地冷哼一声,抢过他手上的酸奶,逞强地说:"我那是忽然遇到没反应过来,以后保证就是革命的精英。"

"嗯,叔叔相信你。"林庭深故作郑重地拍了拍苏晚的肩膀。

"滚……"苏晚倒是没有给他好脾气,他明显就是上来嘲笑她的,别以为她看不出来。

甩掉了林庭深,苏晚去病房看了眼宋灿。听说宋灿昨天晚上就已经醒过来了,她婆婆已经跟她老公通过电话,她老公过几天就会过来。

宋灿仍记得之前说的那些话,一见她进去,就说干妈来了。

苏晚顿觉无奈，她什么时候同意收个干儿子了。

孩子现在还在保温箱，因为是早产儿，加上母亲的身体本来就不是很健康，或多或少会导致孩子出生后身体虚弱。

苏晚出去的时候正好撞见赵倩。

赵倩将她拉到一边，好奇地问："昨天李医生真的力挽狂澜，成功地化解了一场危机？"

苏晚无奈地点了点头："抱歉，我当时光记得紧张去了，没来得及仔细看。"

赵倩觉得没意思，也就没有再继续问。不过关于宋灿的手术，主任已经决定让李怀儒到时候做报告的时候，说得详细一点儿，好供大家参考学习。

大概是见苏晚和肖默城很久没有回去了，肖母从剧团回来顺便到医院例行通知了一番，告诉他们这周必须过去吃饭。

这段时间两人也确实很忙，上次回去还是因为肖父的生日，如果这次不是肖母亲自过来，两人起码又会拖上大半个月再视情况过不过去。

主要是肖母每次做的一桌子大鱼大肉，让苏晚觉得自己再不争口气怀个孕，那都是对不起党和人民的。

两人果真挤了一个周五出来，回肖家吃饭。

坐在车上的时候，苏晚忽然想到再过不久两人结婚都一周年了，想起当初就只是仓促地领了张证，后来也就忙着工作，忙着怄气，忙着披荆斩棘的，这一年过得飞快，总觉得留着很多遗憾。

看肖默城好像也没有办婚礼的打算，苏晚自己也不可能主动开口问。

上次肖母说的时候，她还幻想了一下，可肖默城没有发话。

两人掐的时间刚刚好，一到家，桌上就已经摆满了饭菜。

苏晚依旧是最捧场的那个，乐呵呵地坐在饭桌前，可是平时很喜欢吃的东西，今天像是忽然没了胃口一样，看着就想吐。

肖默城第一个注意到苏晚的异常，小声地问道："怎么了，哪里不舒服？"

闻言，肖母也警惕起来，盯着苏晚："小晚今天怎么了？"

苏晚摇了摇头，不好意思地笑了笑："可能是昨天值的夜班，弄得胃有些不舒服了，今天一天都这样，没事，应该等明天缓缓就好了，以前也有过。"

"不会是怀了吧？"肖母问。

肖默城完全没有放在心上地回答："哪这么容易就怀了。"

肖母眼中本来泛起的异样光亮，又瞬间暗淡了下来。她起身去给苏晚熬了点儿粥，让苏晚慢慢喝，天气冷起来，又熬夜，确实很伤胃，顺便也让肖默城也跟着喝了些。

两人逗留到了九点钟左右才从肖家离开，大概是被胃折磨了一天，苏晚就提议让肖默城沿街找个药店停一下，买点儿胃药回去。

　　可能还是头一次见苏晚被折磨成这样，肖默城也没有多想，只是他在忽然看到胃药的盒子上写着孕妇忌食的时候，脑子里忽然闪过什么，在即将付款的时候又迅速加了一样东西。

　　苏晚翻了翻袋子，看到那样东西的时候，脸上的表情从惊讶，到疑惑，再到羞涩……

　　"肖叔叔，我是胃不舒服，你拿这个做什么？"苏晚皱着眉头，好不容易才鼓起勇气拿起肖默城买来的东西。好吧，她虽然已经嫁为人妻，可这种方面，还是很害羞的。

　　肖默城显然比她淡然得多，质问道："你仔细想想，例假有多久没来了？"

　　大概是以前每次例假来的时候都伴随着疼痛，所以很长时间没来，她不仅没有想念，反倒是觉得浑身轻松，也就根本没有放在心上。

　　现在仔细一想，一个月？两个月？不对，上次来的时候还是凡凡走丢的那会儿，这都过去将近三个月了，不会吧！

　　苏晚不可置信地望着肖默城，思索了好一会儿才缓过来，犹豫地问："所以你说我可能是因为怀孕了，不是因为胃？"

　　肖默城坦诚地点了点头。

这种事情,两人也没有刻意准备,即便上次苏晚发疯一样地冲到肖默城办公室说了那么一大堆,最后两人也没放在心上,可这毫无准备地忽然来了,她还是有些不淡定的。

"肖叔叔,你现在先不要和我说话,容我一个人静静。"

肖默城安慰道:"这个事情也不一定,所以才先买着,回去看看,如果是,就不要吃胃药了。"

后来的一路上,苏晚都是郁闷的,连她自己都没有往别的地方想,肖默城到底是怎么样想到的啊?

当然,当真的看见验孕棒上面出现两条杠的时候,苏晚已经能平静地接受了,却还是故意垂头丧气地走出去。

这个时候,肖默城显然比她还紧张,连忙问道:"怎么样?"

苏晚脸上闪过千万种表情,最后定格在了抱歉,略带可惜地说:"你把我们家的药都收好吧,我现在身体应该相当健康。"

她一说完,肖默城立即反应过来,一把将她抱在怀里,嘴里却还是不确定地问:"真的怀了?"

苏晚无奈地笑着点了点头。

"明天一早就去检查?"肖默城提议着。

苏晚同意了,虽然在车上那会儿她被突然降至的幸福砸得有些蒙,可整理了一路,早就已经想清楚了。两个人也念叨要孩子这么久,虽然在行动上没有怎么实行,但没想到肚子里的小家伙比他们争气。

"那我现在打电话给爸妈。"说着他温柔地将苏晚放下,掏出手机就往肖家打电话,被催了这么久,总算是扬眉吐气了。

苏晚想了想,拦住:"明天检查之后再说,万一……"

肖默城转身将苏晚推进浴室:"那我们现在就去洗澡,然后早点儿睡觉,明天一早就出发。"

"肖叔叔,我一个人可以。"看着肖默城的架势,苏晚羞得脸红。

"我不放心……"

"肖默城!"苏晚不服气地瞪着眼,"你耍流氓!"

"我这是节省时间,就你现在这样,我能做什么?"

好吧,这一点他倒是没有说错……

06

一大清早,两人就先去妇产科,由着许医生帮苏晚做了检查,果然怀孕了,说小家伙应该有两个多月大了,很健康。

肖母接到电话的时候,二话没说直接抛下剧团里正在排练的几十人,得意扬扬地离开了市艺术团,连脚步都是轻快的,并且说要住到苏晚那边去,帮他们做饭。

苏父苏母那边听说后也立即准备过来,虽然他俩倒是没有在这个问题上催过两人,可是肖默城毕竟也不小了,多少还是有些期盼的。

阮季这几天终于耐不住,从家里逃了出来继续上班,结果一来就听到这样的消息,立即去肖默城的办公室赞扬了一番。

"肖师兄,不错了,虽然慢了大半年,但是积极的态度组织还是能给予肯定的。"

"这种事情要你提醒?"肖默城即便是板着脸,眼里眉间都流露着喜悦,"哪个医生像你一样,请那么久的假。"

阮季又不是吓大的,讨好似的一笑:"肖师兄,大喜的日子,不宜动怒。"说完,一溜烟地逃出了办公室。

林庭深是在中午吃饭的时候才听说的,气冲冲地跑到肖默城的办公室,正巧苏晚也在里面。

"发生这么大的事情,你们居然不主动通知我。"

苏晚正坐在沙发上吃东西,听他这么一说,立即反驳:"我这不是怕你听说后难过嘛,毕竟这样一来就斩断了你和肖叔叔的任何可能了。"

"你给我闭嘴,现在是我在质问你们,别给我扯别的。"说话的时候,林庭深看着肖默城,像是在计较肖默城对他的忽视。

"又不是你当爸爸,跟你说有好处吗?"肖默城看都没看他一眼,淡淡地开口。

想起他在和苏晚吵架期间,还是自己收留他,林庭深摇了摇头:"肖默城你变了。"

"没事，变不变反正都不指望你喜欢。"

"你……你们……"

林庭深生气地甩袖而去，不就是欺负自己没有女朋友嘛，他在心里暗暗地发誓，什么时候他得找个大美女，一定带出去羡慕死他们。

宋灿这几天已经能够下地了，据李怀儒说，手术很成功，伤口愈合得也很好。宝宝这两天也已经从保温箱里接了出来，却整天就只知道睡觉。

这几天天气转凉，苏晚去病房看宋灿的时候，正好撞见宋灿的老公在那儿，他笔直地站在病床前，居高临下地看着宋灿，很凶地质问宋灿："出了这么大的事情，为什么没有告诉我？"

宋灿作势想要坐起来，却被他给瞪了回去，只得躺在床上，嘴里念叨着："李怀儒真不够义气，这点儿屁事都汇报了。"

"你还有理了！宋灿，你现在要不是刚做完手术，我一定拎起来将你摔两下，不然你不知道我是谁。"

"我又没有瞒着你生孩子，明明有告诉你的。"宋灿只好扮着可怜，她清楚对方的性子，"我这不是怕你担心嘛。你那段时间又正好在执行任务，我多贴心啊，你居然还……"

她老公今天显然不想吃这套："收好你的可怜，好好认清楚我是谁，不然我会教你知道我是谁。"

"老公……"宋灿赶紧伸出手,拉了拉她老公的衣袖撒着娇,正巧转头看见苏晚站在门口,赶紧笑着喊,"小护士,你来了!听说你怀孕了?"说着她向她老公介绍苏晚,"孩子干妈,我刚替他认的。"

苏晚不好意思地点了点头,礼貌地和宋灿的老公微微示意了一下。不愧是军人,就算脸上的表情已经放柔下来,那种与生俱来的气场还是让苏晚下意识地紧张。

"我过几天应该就能出院了,要不要出去喝杯茶?"宋灿主动提议着。想起自己第一次建议宋灿去做TCT时说的话,苏晚立即不好意思起来,当时她不过是想不到理由随口一说,宋灿倒是当真了。

不等苏晚开口,就已经有人替她开了口:"你这样还想给我出去瞎疯?"

这下宋灿也不好说什么了,只能不好意思地冲苏晚笑笑。

还真是一物降一物,在李怀儒面前趾高气扬的宋灿,到了这位大帅哥面前也只能乖乖躺在床上,什么都不敢做。

苏晚并没有在里面多聊几句,据说还住几天的院观察一下,宋灿就可以顺利出院了。

07

李怀儒是得知苏晚怀孕的消息后表现最为淡定的,大概是因为准备回首都了,也就下意识地减少了手上的工作,每天接一两个手术,连着苏晚也跟着轻松起来。

据说他离开的时间定在宋灿出院后,十二月底的样子。

苏晚特意去问了一下林庭深离开的时间,没想到他居然是主动调过来的,而且一调就是三年。

宋灿出院的那天,老天爷也很赏脸地出了太阳,可毕竟已经入冬了,即便是这样还是有些微微的凉意,宋灿由着她老公推着,上车的时候,她老公毫不费力地就将她抱上了车。

苏晚去送宋灿,宋灿笑着邀请她:"什么时候有空,记得去找我玩。"

"那你得祈求我不要再遇到一个像李医生这样的人。"苏晚瞥了瞥李怀儒,配合着打趣,随即对在旁边等了一会儿的宋灿老公礼貌地笑了笑,冲宋灿挥了挥手,"再见。"

车子离开的时候,宋灿从里面探出头强调着苏晚一定要记得去找她玩,但是话还没说完就被扯了回去,连窗户都一并关上了。

苏晚笑着摇了摇头,快步追上已经往回走的李怀儒:"李怀儒,在你走之前,我请你吃顿饭吧。"

不知道从什么时候开始,苏晚对李怀儒的称呼已经从官方疏远的李医生变成了李怀儒。

李怀儒只是"嗯"了一声,算是回答。

苏晚无奈地耸了耸肩,不满地撇了撇嘴,我都这么盛情邀请了,居然这么冷淡,难怪没朋友。

虽然大家有组织欢送会，但是苏晚还是单独请李怀儒吃了一顿。这段时间，虽然被李怀儒压榨得很厉害，可她到底学到了很多，从公正的角度来说，李怀儒确实是一个好同事、好老师。

地点定在上次阮季带她去的烤肉店。

一进去苏晚就抢先说："上次你请我吃了一顿，这次不要和我抢，就当是为了感谢你这段时间来对我的照顾。"

李怀儒没有反驳，他知道，就算他再怎么坚持，苏晚也一定会补上欠自己的，以苏晚的性子，这辈子应该只会欠肖默城一个人的，只会心安理得地享受来自肖默城的照顾。

两人似乎只是简单地吃饭，谁都没有刻意去找话题，只是有一搭没一搭地说着，反正气氛也不尴尬。

想起每个星期都一定会去敬老院帮忙的李怀儒，苏晚便随口问道："最近有没有去敬老院？"

李怀儒缓缓地吃着东西，倒也不着急，慢悠悠地回答："去过了。"

去过了？想起当初两人还一起去过，苏晚立即不乐意了："怎么也不叫上我？"

"你当天在医院有事。"

既然这样，苏晚也就不好再问什么，虽说李怀儒在这半年来，每天都只会板着脸教训她，每天除了工作就是工作，可到底还是挺照顾她的，忽然一下离开，她心里还是有些许的不舍得。

"李医生回首都之后,应该不会忘记我们这群平民吧?"

想忘记应该也忘不掉吧,不过这句话李怀儒没有说,定定地看着苏晚好一会儿后,才缓缓移开目光:"那要看你们能不能让我记住了,回首都后,我会很忙。"

苏晚不屑地撇了撇嘴,真不适合和李怀儒这样的人说这些煽情的话,他总是能够在下一秒就毁掉所有的气氛。

苏晚想了想,觉得李怀儒这么优秀,她也没有什么好嘱咐的,只好说:"回首都后,记得帮我照顾宋灿。"

"就凭她老公对她的关心,应该还轮不到我做这些事。"虽是这样说着,但李怀儒还是点了点头。

苏晚笑了笑,想起那个说话凶凶的可句句都是在关心宋灿的男人,好像确实轮不到李怀儒。

08

两人从里面出来的时候,天上居然飘起了星星点点的雪,今年的冬天确实来得晚了点儿,只是没想到一降温,它就扛不住地飘起了雪。

一从店里出来,苏晚下意识地缩了缩脖子,下午出门的时候还没有这么冷,现在天一黑,倒觉得冷风飕飕的。

"我送你回去?"

这是今天晚上李怀儒第一次主动开口问苏晚。

"没事，我自己打车也可以。"她看了排班表，肖默城今天应该上晚班，下班都该九点多了。

李怀儒看了看外面的天气："今天冷，不好等车，你现在感冒会很麻烦的。"

苏晚犹豫了一下，最终还是听了李怀儒的，他没有说错，现在她不是一个人，总得为肚子里的小家伙想想。

苏晚没有让他开进去，在小区门口的时候就下了车，李怀儒忽然唤住她："苏护士，再见！"

两人从第一次见面，他说："今天所有的手术都让你来跟着。"那时候，她不过是一个刚转正不久的小护士，是鼓起多少的勇气才接下这个来自首都的大专家的刁难。

后来，李怀儒以加班的名义带着她去敬老院；在她因为肖默城的事情烦闷的时候，他带着她去喝酒；知道她情绪不好让她在他办公室休息；将她抱到办公室，他自己却熬了一个通宵；明知道手术难度，他却还是破例让她经历一些大手术……

苏晚不傻，怎么可能不知道他做这些事情的缘由。

她还记得，因为秦眠春的话，淋雨坐着出租车在C市转了大半天的那次。

当时司机嘀咕后面那辆车子怎么一直跟着，苏晚当时轻轻瞥了一眼，就认出了他，可有些没有必要开始的故事，就应该让它这样消散。

今天他这么郑重其事地道别，她应该配合，对一件事情不留遗憾的道别，才会在此后不会念念不忘。

"李医生，再见。"

苏晚没有再停留，可一转身就看见肖默城朝这边走过来。

"肖叔叔，你不是应该在上班吗？"她诧异地问。

肖默城将苏晚拉到自己伞下，没有回答她的问题，对已经下车的李怀儒示意性地点了点头，然后不知道从哪里拿出一张红色的请柬。

"李医生，这是我和苏晚的婚礼请柬，日期还没有定，算是一个提前的邀请。"

李怀儒明显一怔，却还是礼貌地接下请柬："谢谢。"

两人相视一笑之后，几乎同时转身。

还愣在那里脑袋一下没有转过来的苏晚，任由着肖默城带着走了好长一段路之后，才意识到一个重要的问题："肖叔叔，我怎么不知道我们要办婚礼？"

"现在知道也不迟。"说着，他变魔术似的从口袋里拿出戒指，套在了苏晚手上。

本来应该是悄悄将她带到婚礼现场，才让她知道的，不过这段时间的事情总是让他一再更改计划。

先是发现苏晚怀孕，然后是这个李怀儒。从一开始他就发现李怀儒对苏晚图谋不轨，今天居然还背着他单独和苏晚吃饭。出于男人的嫉妒，他觉得应该让对方知道，苏晚现在的另一个身份——肖太太。

苏晚看了看手上忽然多出来的戒指："所以……真的没有求婚了！"

苏晚忽然觉得心里空落落的，当时直接去领证的时候肖默城保证过，他说，那些烦琐的事情以后会慢慢地补回来，可是现在这个情况她怎么完全不知道啊。

"都已经是我老婆了，还需要求婚？"肖默城笑着摸了摸她的头。

看吧，难怪当初母亲千叮万嘱要她不能追着男孩子跑，一点儿主动权都不在自己这里。

"早知道一开始就不这么痛快答应了。"

"现在后悔了？"

苏晚冷哼一声，将脸别向一边不再说话，却听见肖默城在耳边说道："可是已经没有后悔的机会了。"

因为工作原因，两人都不能戴首饰，结婚后就把这些都给省了，现在忽然戴上还是有些不习惯的。

好吧，其实除了惊讶，更多的是欣喜，虽然不知道肖默城做了什么样的准备，不过内心还是很感动的，没想到肖默城竟然还会想到这些事情。

雪已经在地上积攒出了薄薄的一层，冷风一吹，苏晚下意识地将头往肖默城怀里蹭了蹭，才意外地发现，肖默城身上居然没有了烟味。

/第九章
之子于归，宜其室家

01

婚礼的日期是两边家长商量着定下来的，听说请人专门算过，苏晚虽然不迷信，可既然是来自长辈们的关心，两人也就没好反对，只是日子正好在预产期之前不久，这就让苏晚有些委屈了。

想起当初阮季结婚的时候，穿着那么漂亮的婚纱，可到了她这里恐怕就要挺着大肚子，区别怎么会这么明显呢？

试婚纱的时候，阮季也跟着一起，上回她是没有怀孕试的婚纱，倒也不用怎么改，可苏晚几乎每次过来一试就需要做小范围的调整，最后弄得苏晚来脾气了，拿着那件又拉不上拉链的婚纱说道："你们就给我改到最好看的大小，到时候穿不下，挤我也要挤进去。"

逗得阮季抱着自家孩子，打趣地说："谭谭谭，以后千万不要学你姑姑，没办婚礼就怀孕，现在连婚纱都不能好好穿。"

苏晚气鼓鼓地瞪着两人："阮阮嫂子，你不要教坏谭谭谭。"

秦眠春是在春节之前回来的，虽然那边的专家已经尽力了，但是因为她的病本来就是二次复发，恢复到以前是不可能的，不过还是能够正常交流的。

两人一起去机场接秦眠春。

凡凡见到苏晚的时候，立即乖乖地叫着阿姨，转而又惊讶地说："苏阿姨，你怎么这么胖了？"

苏晚无奈地笑着。

最后还是秦眠春解释的："阿姨肚子里藏着一个弟弟，时间到了就会变出来和凡凡一起玩。"

凡凡似懂非懂地点了点头，然后悄悄地说："那弟弟不能早点儿出来和我玩吗？"

肖默城摸了摸凡凡的头："因为弟弟现在在偷懒。"

收到他们结婚请柬的秦眠春没有说什么，微笑着接过，应承道："我一定会去的。"末了，她又加了一句，"默城，谢谢你这些年的照顾，我已经不需要了。"

这是秦眠春第一次主动地拒绝肖默城，并且是当着苏晚的面，倒不是对苏晚的挑衅，而是让苏晚放心。

02

考虑到苏晚还怀着孕,婚礼也就省去了好多环节,就说简单地吃顿饭,大家祝福一下就够了。

这点苏晚没有意见,反正她要的是肖叔叔这个人,至于这些事情会用什么样的形式来表达,也就没必要斤斤计较。

婚礼定在C市的一家酒店里,刚好酒店有一个大大的草坪,旁边还有游泳池,环境很好,这是肖默城找了好久才找到的地方。

婚礼上的很多细节都是由肖默城亲自监督完成的,整个婚礼像是花的世界,苏晚看到的时候,震惊的同时更多的是感动。

不记得是什么时候,她曾经和肖默城说,如果以后结婚,一定要像个花仙子一样的,被自己的王子娶走。那时候她还画了下来给肖默城看,只是没想到,肖默城居然还记得,而且真的尽量帮她还原了当时的幻想。

李怀儒到底没有在婚礼的时候赶过来,只是在婚礼当天打了电话过来,顺便送上了自己的红包和祝福。

拿着请柬过来的是宋灿。

看着神采奕奕的宋灿,苏晚还是很开心的。

宋灿说小家伙最近事好多,嫌麻烦就没有带过来,如果苏晚想他,就直接去首都看。

婚礼现场来的基本上都是两人的好朋友，家长那边也没有过来太多的人，除了一些亲近点儿的亲戚。

凡凡头一次当花童，高兴得直乐，整个人完全没有了平时的乖巧样儿。

林庭深难得做一回伴郎，没想到平时随性的他，一打扮倒也像模像样的。

化妆间里，苏晚难得好脾气地夸了他几句。

"丫头，今天你我们肯定是不敢动的，不过你家肖叔叔，我们可就不保证了。"

"我家肖叔叔年纪大了，经不起你们折腾。"苏晚扁着嘴，替肖默城说话。

没想到这句话被肖默城听到，忙问着谁说他年纪到了。

苏晚立马临时倒戈，指着林庭深就说："当然是林学长啊，他在嫉妒你。"

林庭深看着这个越来越狡猾的小丫头，无奈地摇了摇头，叹着气说："肖默城，你再这样，她就要被你宠坏了。"

肖默城看了看苏晚，微微点了点头，满意地说："没关系，我不介意。"

林庭深发誓，以后他要是再在他们俩都在的情况下出现，他就是狗。

大概是担心苏晚的身体，作为表嫂的阮季几乎全程监护着她，就连谭谭谭都交给了谭母。

随着时间的推进，婚礼马上就要开始了，苏晚紧张了起来，虽然已经和肖默城共同度过了那么多年，可是真正在一个仪式上，庄重地将自己交给他，还是头一次发生。

重点是她现在还是个孕妇，不能在身材最好的时候，穿上最好看的婚纱走到他面前，她心里忽然有些遗憾。

苏晚忙问着阮季："阮阮嫂子，我这样好看吗？"

"孕妇最美，何况你还是新娘子。"

向阮季确定了好多次之后，苏晚才渐渐放下心来，满溢着笑容等待婚礼开始。

阳光刚刚好，照得人心里暖洋洋的，苏晚挽着苏父的胳膊，一步步走向早就等在那儿的肖默城。那一刻，好像天地间都静止了一般，只剩下她和肖默城，他宠溺地看着她，而她真的拥有了她的肖叔叔。

那句等待了好久的我愿意，那缓缓套在无名指上的戒指，那声我爱你，造就了苏晚目前为止经历过的最幸福的一天。

苏晚笑盈盈地将捧花扔在了林庭深的手上，可瞬间，因为用力过猛，她忽然觉得肚子一阵疼痛，差点儿直接摔在地上，吓得大家心惊胆战的。

肖默城赶紧问她怎么了。

她忍着疼说:"不知道,就是有些疼。"

"要紧吗?"

苏晚试着自己站起来,摇了摇头:"应该没什么大问题,先去把这身衣服换了吧。"

肖默城扶着她,认同地点了点头,毕竟等下还要敬酒,这身麻烦的婚纱到底是不方便的。

等苏晚将身上的这身衣服换下来,还没来得及去婚宴现场,肚子忽然又痛了起来。这次和刚才不一样,作为一名妇产科的助产护士,苏晚很了解这个感觉。

"肖叔叔……"

肖默城刚换好衣服出来,就看见苏晚坐在椅子上,捂着肚子,面色煞白。他立马紧张地过去:"肚子又痛了?"

苏晚憋了好久,急得肖默城都看不下去,一把将她抱起,准备送去医院了,才开口委屈地说:"我不想在婚礼上生孩子。"

"所以,婚礼真的就这么结束了吗?"生完孩子躺在床上睡了一觉醒过来的苏晚忧伤地问。

肖默城看着她,似笑非笑地问:"那你还想怎么样?"

"可是我明明都没有陪着大家痛饮三十杯的。"

肖默城替她整理了一下头发:"差不多了,戒指换了,话也说了,就连捧花都抛了,算是圆满结束了。"

苏晚郁闷地扁着嘴:"可明明不应该是这样的。"

"你要是觉得不够,那我就把我自己赔给你吧,把我的余生、我的幸福、我的整个人赔给你。"肖默城深情地说。
"肖叔叔,有没有人和你说过,你这样的时候,很有魅力。"
"没有。"
"没关系,我觉得有就可以了。"
"嗯。"
"肖叔叔,我爱你。"
"我也爱你,小晚。"

——正文完——

/ 番外一

自从小豆子出生后,肖默城一直觉得自己的地位受到了相当大的威胁。

没错,是威胁!

明明以前只会注意他的女人,已经有大半年没有再正眼瞧过他了,他的存在这个家里变得可有可无。

这不是他想要的,早知道当初就不应该受了小师妹的蛊惑,性急地要这么一个磨人的小妖精,简直就是出来折磨他的。

当然,现在完全被母爱包围的苏晚根本不会注意他这颗忧伤而又烦闷的心。

熬了大半年后,肖默城站在一个医生的角度,终于找到一个正当的理由——断奶!

理由是,一个小男孩儿,应该早点儿学会独立,何况谭谭谭也是这么早就断奶的,他家的小孩儿不能被谭家的给比了下去。

苏晚不舍地看着怀里的小豆子,哀怨地看着肖默城:"小豆子还这么小,现在断奶是不是有点儿……"

"不早,根据我所学的专业知识,男孩子应该早点儿断奶。"肖默城说得一本正经,完全不在乎苏晚怀里的小豆丁眼睛圆圆地望着他。

苏晚不满地瞪着他:"你这是从哪里学到的歪理,我是妇产科的,我怎么不知道?"

"那是你学习的时候不专心,我不怪你。"

"……"

这场辩论终于以肖默城的成功而宣告结束。说做就做,肖母当天晚上就带走了小豆子。不谙世事的小豆子当然不知道大人们在打着什么算盘,含着手指,笑得相当开心。

晚上,肖默城早早地做好饭,早早地收拾好自己,早早地回了房间。

没想到,没有抱着小豆子的苏晚,此刻正拿着平板电脑,盯着屏幕看得津津有味,甚至连他进来都没有注意到。

她居然对他视而不见!

肖默城正打算过去好好地教育一下这位失职的妻子,可还不等他靠近,看电视看得津津有味的苏晚忽然哀怨地说:"啊!我的'爱豆'吻了别人,哎哟,我的梦中情人啊,如果他来吻我,我一定会幸福到昏厥的。"

肖默城盯着平板电脑里的那个男人,眼睛半眯着审视了三秒钟,然后果断地抢走了她手上的电脑。

苏晚看得起劲,被突然打断,刚想骂人,一转头,就对上肖默城满是怒火的眼。

她怯怯地吞了吞口水。

不等她反应过来,肖默城直接扣住她的头,覆上她的唇,像是惩罚般地在她唇上轻咬了几口后,才满意地放开。

"谁是你的梦中情人?"

苏晚赶紧笑着抱着肖默城,讨好地说"当然是……肖叔叔啊!"

"嗯,那就让我赐你一场昏厥的幸福吧。"

说着，肖默城的手已经快一步地开始解苏晚睡衣的扣子了。

苏晚害羞地往被子里躲，红着脸说："我刚刚只是为了配合节目的效果。"

肖默城笑着宽慰："没关系，现在我们也是应了节目效果。"

"肖叔叔……"苏晚故意板着脸。

"小晚，你是不是嫌弃我老了？"

这是什么话题的转换，她缓不过来啊！虽然满腹疑问，苏晚还是摇着头说："绝对没有。"

"可你现在爱小豆子，不爱我了。"

苏晚愣了一下，肖叔叔这是在撒娇吃醋？她不可置信地问："肖叔叔，你不会连你儿子的醋也吃吧？"

肖默城看着缩在被窝里只露出一个头的苏晚，坚定地回答："谁说不是呢！"

换作几年前，他也不会想到，他会爱一个人，爱到嫉妒任何拥有她关心的人，会因为细微的忽视而感到难受，会莫名泛起酸楚，会想将她藏起来，把那些好都留给自己。

就算现在拥有那些好的人是他的儿子，可他还是会忍不住嫉妒啊。

没错，她就只能是他的。

/ 番外二

小豆子一周岁的时候,来的人并不多,除了长辈们,就只有那几个相交不错的朋友。谭梓陌因为和阮季回了宛城,所以提前打了电话说会晚点儿过来。

一干大人除了忙前忙后精心准备了一顿晚餐,还准备了今天的重头大戏——抓周。

虽然大家并没有把这个东西看得太重要,纯粹是围在一起逗着小家伙玩一玩。

去年,谭谭谭满周岁的时候,大家也为她准备了一地的东西,就等着她去拿。结果最后,谭谭谭硬是从那些东西里面爬出来,摇摇晃晃地走到谭梓陌无意间落在客厅的稿纸旁,捡起来,特别喜欢地拿在手里观摩了好半天。

大家都说谭谭谭这是要女承父业,研究设计,因为这事,肖默城还一阵不高兴,想着自己等了这么久的小徒弟,忽然不见了。

不知道今天小豆子会抓出什么名堂来。

本来也就是逗着小豆子玩一玩,就弄了一堆稀奇古怪的东西。

苏晚把小豆子放在地上,说道:"小豆子,喜欢什么我们就送你,但是只能拿一样哦。"

认真听完话之后的小豆子,看了看面前的东西,显然毫无兴趣,反倒是直直地看着已经摆在桌上的蛋糕,眼神一直在人群中打着转,像是在寻找什么。

和谭谭谭满屋子乱爬不一样,小豆子被放到地上之后,就再也没有动过,安静地坐在那儿,什么东西也不碰。

苏晚疑惑地问着肖默城:"儿子怎么什么都不选,难不成这个时候就知道啃老了?"

"说点儿好的,我看着怎么像是这里面没有他喜欢的呢。"肖默城细致地观察着,恨不得冲过去问问这小家伙到底想做什么。

一旁的林庭深笑嘻嘻地对苏晚说："你儿子未来说不定是个哲学家，这么早就开始思考人生了。"

苏晚不屑地冷哼一声。

时间一点点地过去，小豆子就是不愿意动一下，目光望着门口的方向。

最先磨掉耐性的是苏晚，她气冲冲地站起来，肖默城眼疾手快地拉住她，小声地说："再等等！"

谭梓陌他们到的时候，满屋子的人都屏着呼吸，安静地坐在那儿一动都不动，气氛显得异常诡异。

他不解地问："这都是怎么了？"

他话刚说完，一直迟迟没有动静的小豆子忽然着急地爬起来，笑嘻嘻地迎上谭谭谭，拉着她的手。两人咿咿呀呀地说着他们自己才能够听懂的话，乐呵呵地闹了起来。

苏晚叹了口气，看来这小子成天就只知道玩啊。

这场抓周以失败告终，白费了大人们找了那么多东西。

饭桌上，苏晚分好蛋糕，将一块蛋糕放到小豆子面前，没想到小豆子挖起来的第一口，居然喂给了谭谭谭。

坐在一起的两人，用着大人听得半懂未懂的话，开心地交流着。

这时候，大人才忽然意识到，小豆子的抓周不是失败，而是人家喜欢的东西根本就不是那些普通的玩意儿，而是面前这个小表姐啊。

嗯，看来以后有必要避免两人见面了。

四位大人对视之后，在心里暗暗地做了决定。

小花阅读
【一生一遇】系列第三季

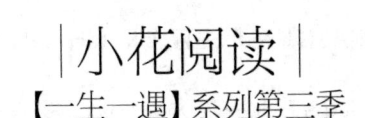

《云深结海楼》
晚乔 / 著
标签：声控福利 | 大灰狼吃定小蠢羊 | 小心翼翼 VS 徐徐图之

有爱片段简读：
宋辞：听说有缘的人不论如何最终也会走到一起。
夏杨敲下：那无缘的呢？
那边微微沉默：那不关我们的事。

七个字，很短，却又极具说服力。
再一次对着手机笑弯了眼睛，夏杨在按键上敲敲敲敲，发送之后，她伸了个懒腰，走到窗前推开窗。
寒冬过去，万物复苏，花树也有了苏醒的痕迹，抽出枝芽，青嫩的颜色和地上新生的小草儿一模一样。其实只是一件小事，在她眼里，却异常美好。
这样的世界，有阳光，有生气，有他，再过五百年都不会厌。
被丢在一边的手机还停在聊天的页面，而最后一句话，是她刚刚发的。
——嗯，我也觉得。还有，今天也超喜欢你。

《忆我旧星辰》
鹿拾尔 / 著
标签：沉沦黑暗的昔日精英 | 危险恋人 | 巅峰对决

有爱片段简读：
辛栀张了张嘴，老半天才涩声说："为什么帮我？"
向沉誉静了一瞬，双手插兜兀自轻笑了一声："大概是疯了。"

向沉誉一直绕着弯地说苏心溢的事情，却不提秦潮礼，这是他一直在回避的问题。
他倏地转头定定看着她。今晚月光皎洁，而她的眼底映衬着满天星光，唇不点而红，和……四年前那个夜晚一模一样。
他轻笑一声，微微俯身，喉咙一紧，嗓音里带了些喑哑的味道："你说呢。"
辛栀不躲不让，也直直望着入他的眼睛里，心脏却骤然漏跳了一拍。

《遥不可及的你2》
姜辜 / 著
标签：装高冷丈夫 | 易炸毛小妻子 | 我们今晚不吵架，好不好？

有爱片段简读：
何昭森走进主卧，夜灯所散发出的暗蓝色像潮水一般静谧地涌到了他眼前。尽管步子已经放得很轻很轻，但何昭森还是看到于童在一片模模糊糊的混沌中，把手从被子里拿了出来，然后，她开始慢吞吞地揉眼睛——这是她要醒来的前兆。
"我把你吵醒了？"他站在原处。
"没有，是我自己没睡好——"于童有气无力地回应着，她本来是想坐起来说话的，但努力了好几次，最终还是塌陷在柔软的被褥中，"不过你大半夜私闯民宅干什么？"
"私闯民宅中的民宅，指的是他人的住宅，可是于童——"雪白的羊绒地毯彻底吞噬了何昭森的脚步声，他停下来，顺势坐在了于童的床边，"这是我家。"

《幸而春信至2·星辰》
狸子小姐 / 著
标签：谁动了我的大叔 | 年龄差很萌 | 暗恋成事实 | 婚后再相爱

有爱片段简读：
菜一上来，肖默城慢条斯理地吃着，将大半的菜都推到苏晚面前："今天好好地吃一顿，让你知道，我们家什么都能吃得起，免得总是想着别人家的东西。"
"肖叔叔，我错了。"苏晚看着眼前的东西，眼神哀怨地认着错。
"吃吧。"肖默城浅笑着说，"慢慢吃，我不着急的。"
明明应该是很温柔的样子，可是看在苏晚眼里就像是戴上面具的魔鬼，肖叔叔生气原来会这么严重。
看着肖默城铁定了心的样子，苏晚只好委屈地吸着鼻子，扁着嘴哀怨地开始吃，她上辈子到底是做了什么孽，她现在恨不得肖默城把她打一顿，也好过这样。
到时候C市的头条会不会吊唁一下她这个被撑死的女人啊。

《林深时见鹿3》
晏生 / 著
标签：腹黑医生失忆 | 顾氏夫妇撒糖 | 第二次爱上你 | 甜蜜完结

有爱片段简读：
"阿生——"
"嗯。"
"阿生——"
"嗯。"
"阿生——"
"嗯。"
"宋渝生——"
"我在。"
"现在的你，是我的幻觉吗？"
宋渝生轻轻拍抚她弓起的背脊，掌心之下瘦骨嶙峋。
几秒之后，他终于伸手，回抱住她，向来沉静的心绪被她这一竿子搅得翻天覆地，连自己也不知道为什么会这么心疼。
"不是，"他拥着她，轻轻摇晃身体，似慢慢哄着一个未长大的孩子，"我是真的存在。"

图书在版编目（CIP）数据

幸而春信至. 2, 星辰 / 狸子小姐著. -- 贵阳：贵州人民出版社，2017.3（2020.1重印）
ISBN 978-7-221-14020-3

Ⅰ. ①幸… Ⅱ. ①狸… Ⅲ. ①长篇小说 - 中国 - 当代 Ⅳ. ①I247.5

中国版本图书馆CIP数据核字(2017)第047732号

幸而春信至2·星辰

狸子小姐 / 著

出版统筹：	陈继光
选题策划：	大鱼文化
责任编辑：	胡　洋
特约编辑：	雪　人
装帧设计：	刘　艳　孙欣瑞
封面绘制：	木一森
出版发行：	贵州人民出版社（贵阳市观山湖区会展东路SOHO办公区A座505081）
印　　刷：	三河市华东印刷有限公司
开　　本：	880×1230毫米 1/32
字　　数：	167千字
印　　张：	8
版　　次：	2017年5月第1版
印　　次：	2017年5月第1次印刷 2020年1月第2次印刷
书　　号：	ISBN 978-7-221-14020-3
定　　价：	35.00元

版权所有 盗版必究。举报电话：策划部0851-86828640
本书如有印装问题，请与印刷厂联系调换。联系电话：0731-82755298